隱形之光

十二位清潔工友的故事

明愛青少年及社區服務、
明愛社區發展服務 著

HONG KONG CLEANING WORKERS

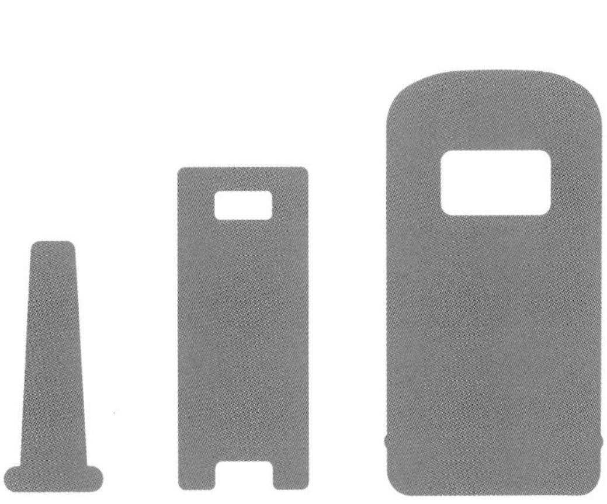

序一

臻善評估中心執行總監

方旻煐博士

因著就明愛社會服務的勞動友善社區計劃進行社會影響評估，所以有機會與清潔工友有親身接觸，了解他們參與後的切身體會和感受。

從工友的分享，我們知道勞動友善社區計劃如何接觸、服務、組織和連結他們。透過參與其中，工友的個人身心健康有明顯改善，而他們對於職業安全和健康知識的掌握和實踐則有不同程度的提升。

因工作性質使然，工友大多是默默地單幹，相對而言他們的工作過程較少團隊協作或支援，有時甚至需要孤軍作戰。藉勞動友善社區計劃的不同類型的小組和集體活動，工友加強了與其他同路人的認識和維繫，減少了疏離感和孤單感。正如計劃團隊所說，工友明顯增加了凝聚型社會資本和搭橋型社會資本。在訪問過程中，不少工友都為著認識了其他清潔工友，多了朋友，多了群體活動和多了社區參與而開心。他們的雀躍和興奮之情，溢於言表；身為研究員的我充分感受到他們的喜悅和得著。

工友的團結和互助更體現於他們因著不合理的勞動報酬或工作條件而集體爭取。對於習慣了逆來順受、啞忍不合理待遇和安排的工友而言，他們走出來一同爭取是多麼難能可貴，多麼令人感到團結的力量。訪問中，工友不忘訴說成功爭取的艱辛，不忘訴說幫助他們成功的人和事，尤其是勞動友善社區計劃同工的有效組織和投入，更不忘訴說這次成功對他們的激勵和意義。工友由孤單的一員，變為相信集體力量的同路人，令筆者看到同工與工友同行帶來的社會影響。

最令人感動之處莫過於工友在參與過程中建立自信和自尊。雖然部分工友覺得友善程度已比過往提升，但不可否認的是香港仍未算是一個對清潔工友善的社會。面對社會上不同類型的不友善態度和行為，工友仍能展示出他們有尊嚴的應對，實在令人欣賞。

最後，感謝明愛勞動友善社區計劃團隊過去三年的努力，讓香港社會看見隱沒了的清潔工，看見了隱形之光。

序二

香港社會服務聯會業界發展總主任（家庭及社區服務）
黃和平先生

清潔工是一個對我有特別意義的議題。我第一次在大學參與關心社會議題的工作就是清潔工的議題，然後我碩士論文的題目，也是研究清潔工。我還記得那時論文的結論，是清潔工的人工低，不能單純看成一個供求關係的問題，清潔工自身的社會處境，造成了他們在弱勢市場的弱勢議價地位。

那時的觀點，不知是否仍然有效，但是最少那時的分析明顯是表面而且線性的，所謂的社會處境，也只是出於對清潔工一些刻板印象：弱勢、孤立，缺乏社會支援。這印象或代表了所有清潔工，也或代表不了任何一位清潔工。

現代社會或許傾向把勞動僅視為一種功能，每一位勞動者無非是提供了一些服務，生產了一些東西，然後混一口飯吃，至於勞動者姓什名誰，似乎無關痛癢（除了是要投訴的時候）。而在不同的工作中，清潔工又或許是最能代表這種生產關係的，清潔環境是社會需要的功能，卻少有人關心清潔工是誰，甚至在某些情境中（如主題樂園），清潔工更需要被刻意隱去。

這本口述史就是讓清潔工的生命能被看見（社會上每一個人的生命何嘗不是都值得被看見？）在這些生命故事中，我們見到他們有時厭惡工作，有時又看到他們對工作的熱誠與堅持，看到他們工作時的卑屈，亦看到他們展現的勞動尊嚴；然後他們也有他們的愛情、家庭、夢想與歷史，就如我們每一位。

明愛勞動友善社區計劃團隊，這些年來一直與清潔工同行，每一次看到他們的服務，或他們表述清潔工的處境，都感受到團隊真正能進入工友的生命，與他們共同發掘勞動與社區的各種可能性。如果口述史是生命故事的呈現，我相信很難有另一個團隊，能比他們更勝任這發掘工友們生命故事的工作。

序三

明愛青少年及社區服務暨社區發展服務總主任

陳偉良先生

香港明愛扎根香港七十年，隨著機構發展，逐步針對不同需要的社群作細緻服務規劃，一九八九年成立荔枝角職工中心，專注基層勞工組織發展工作，關顧昔日周邊工廠區的職工情況。一九九一年開展亞洲外地勞工社會服務計劃，將服務拓展至外地勞工。二〇〇一年承接營辦深入就業援助計劃，協助低收入人士解決就業困難。二〇一六年獲香港公益金資助，與理工大學護理學院合作，推行「提升基層勞工減退工作勞損之能力」計劃。二〇二〇年新冠疫情爆發，明愛各社區中心以不同形式支援基層清潔工友，並成立基層工友支援工作小組，翌年榮獲社聯二〇二一年度「卓越實踐在社福」獎勵計劃的卓越社會服務獎、年度主題獎、服務模式獎（服務使用者參與）。同年獲嘉里集團資助，連結兩個部門合作推動「勞動友善社區計劃」（下稱勞友計劃），專門以清潔工人社群為服務對象，因為清潔工人正正就是明愛定位最關注的、最末後無靠、最卑微無助和最失落無救的社群。

三年光陰彈指即逝，勞友計劃在健康、安全、尊嚴領域作了多方面的嘗試。疫情期間，社會人人自危，清潔工人在高危的健康風險下工作。欣賞勞友團隊成員與工友疫境同行，疫情期間派發防疫物資、支援工友有足夠和適用的防護裝備，以安全地完成工作。疫情後，透過收集和轉贈社區人士的口罩，恢復社區與工人之間的隔閡，使疫情中備受歧視的工友能重新連結社區。這些服務不單是對清潔工人的幫助，也是對他們默默守護城市的肯定。

此外，勞友計劃觀察到，工人長期工作下患有勞損痛症的情況，以社醫共生角度，深入與香港防癆心臟及胸病協會及香港理工大學護理學院合作，以中醫針灸服務和運動伸展班，紓緩工友勞損痛症。

勞友計劃亦以連結社區關係為服務重點。按二〇二二年度統計，香港作為富裕城市，每年平均棄置一萬五千公噸垃圾，每人平均棄置一點五公斤。在棄置垃圾的過程中，社區對清理工作背後的從業員鮮有認識。要改變整個垃圾處理的文化，社會大眾有需要先對潔淨人員的處境加深認識，勞友計劃透過學校教育、機構宣傳及街坊義工教育，令社區成員看見處理垃圾工作的一個個有血有肉的人。

近年極端天氣問題嚴重，清潔工人更多時候要在自然災害下辛勞工作。勞友團隊嘗試改善工人的工作條件，透過倡議，改變工作制服設計及改建臨時垃圾站，增強工人自主應對工作處境壓力的能力。

欣賞團隊與工友的多方面努力，這些努力建立了清潔工友對團隊的信任，也建立了社會再認識基層勞工的橋樑。

二〇二四年初，我們集結了各區工友到香港以外的地方考察，交流當地的垃圾處理及環保潔淨工作。分別派出兩團前往台北以及新加坡，與當地的清潔工友和社區團體交流，不少工友也是首次離開香港。

「我唔再係井底之蛙！」交流過後，工友都自覺眼界擴闊了，看見另一種可能性，原來清潔工可以是備受尊重的職業。他們回港後，除了分享廢物處理回收系統、公民社會的可能性之外，更重要的是肯定了自己和同事工作的價值和意義。

未來我們會繼續拓闊視野，總結以往的服務經驗，加上實證為本的研究，針對性地回應社會高齡化及年長勞工的社群需要，推動基層醫療，及早發現疾病、早期治療，有效預防疾病發生。由此，推動在職支援，促進勞工健康，協助僱主及工友建立在職健康支援配套，預防工傷發生。鼓勵企業設立「身心健康一小時」，提倡讓勞工在工作時間內進行一小時運動或健康活動。

我們服務的工友平均年齡是六十二歲，我接觸過一位八十五歲的洗垃圾桶工友，他對我說：「一退休望住四道牆，好快瓜老襯！」基層工友面對的不只是手停口停的經濟問題，更是社交隔離、難以過渡退休的問題。因此，我們未來的工作，是針對一班從未接受服務的年長基層勞工，在溫飽、有社區聯繫下，過渡到有意義的晚年退休生活。不只是改善工友當前的工作處境，而是及早為工友提供退休規劃及過渡社區的服務，增強工友的社區聯繫，使基層年長工友轉化角色，過有尊嚴的社區生活。

本書十二位受訪工友，有被時代巨輪推壓的技術工人，有奮力求存融入社會的新移民，有兼顧城市清潔與家庭照顧的婦女照顧者，也有匠心巧手的生活達人。

衷心感謝十二位工友願意分享自己的故事，感謝勞友及編採團隊的仔細刻劃，也感謝每一位翻開此書，願意更深入細膩認識清潔工人故事的您。願您我一同閱讀每個工友的生命故事，照見默默刷亮香港的隱形之光。

序四

明愛勞動友善社區計劃前高級督導主任

冼昭行先生

「黎明即起，灑掃庭除」是《朱子治家格言》首句，傳統文化視居室內外的環境潔淨為首要。實在，窗明几淨即心明澄淨，保持生活環境簡潔清爽，有助保持心靈平和專注。只是城市人生活大多營役忙碌，為求兩餐付出自己的全部給工作，將照顧居室內外環境的職責，與城市管理者一樣，外判給被視為社會經濟地位更低下的傭工與清潔工人。

曾經陪同負責街道潔淨的工友芳姨開工，七十幾歲的芳姨身材短小，走在街上，途人卻在她兩旁如鯽魚般游開兩三呎，又在她身後會合。每十五分鐘，芳姨便要重複走到同一個地點清掃，剛剛才在這小巴站清掃走一剷滿滿的煙頭，現在又給丟到滿地都是。剛好有一杯快餐店的粟米給倒瀉在地上，芳姨急步走過去，只望快手清走，不會滑倒途人，細心的她將卡在地磚隙縫的粟米逐粒掃上垃圾剷，等候小巴的乘客低著頭掃電話，雖未曾與芳姨交換目光，卻有意無意間配合著芳姨的掃地動作，有節奏地進退。可是在這次相遇之後，又有幾位候車乘客會記得，這位曾經站在身旁工作的工友是何模樣，甚或是男或女、高或矮、肥或瘦？

清潔工人社群的隱形，不是披上隱形斗篷般在眾人眼前消失，那套縫上多條反光布的工人制服的神奇效果，就是只要工人把它穿上，就算活生生站在眾人眼前，也會給視而不見。就如同立體完整的一個身體給壓扁成一張薄片，常人容易看到薄如線的一面，也就是看不見。相反，過去關注工人權益的組織者，都努力看到平面上呈現出來的，工人的社會經濟不利處境，而專注應對。無論哪一個角度，工人仍然維持在扁平隱形的狀況。

香港明愛獲嘉里集團支持，在後疫情時代成立勞動友善社區計劃，團隊以「對待勞動者友善是社區的溫柔」為理念，重新將清潔工人的社會論述放回以人性為本位，為一個個扁平的軀殼回充勇氣，使恢復成為一個個立體的人。團隊以世界勞工組織就支援清潔工人改善處境的路向為基礎，在健康、安全和尊嚴三個路向切入，使團隊成員習慣從人的角度去感受工友的生活困境，而非只從「工人」這有限角度。嶄新的出發點，使團隊成員的形象在工友心中不只是爭取工人權益的組織者，不只是照顧家庭需要的社工，而是能夠交託信任的伙伴。因而團隊陸續聽到工友的前半生，與走過高山低谷的心路歷程。

感謝明愛勞動友善社區團隊的努力，整理出十二位工友的真誠分享，也感謝編輯小組整理出百多年來城市衛生潔淨服務的發展歷程，加上程展緯與歐陽達初的專訪，使讀者能從城市學、歷史、文化藝術、社會及政策角度再思清潔工人在今天社會的角色，作為社區一份子的公民又如何向工人表達溫柔。

社會要達至跨階層、跨背景多元共融，著眼點不是要去分辨我們之間有多不同，而是我們有多相同。我們都是一呼一吸，同呼同吸的生命共同體。書中主人翁的生命歷程，他們遇上的種種艱澀，洗煉出他們堅忍的生命力，所散發的光芒，足夠照亮與溫暖讀者心頭。

目錄

第一章 潔淨行業的歷史背景與工友處境

潔淨歷史的背景政策及文化論述的改變

在清潔崗位的藝術創作：推動身份流動及勞工身份的想像——訪程展緯

看得見的清潔工，看不見的價值——訪歐陽達初

潔淨歷史的背景政策及文化論述的改變

撰文：蔡倩文

潔淨政策看似民生小事，然而二〇二四年的香港仍然為著廢物處理而傷腦筋。事實上，潔淨政策遠比處理垃圾來得複雜，影響深遠。由傳染病防治到民間市政參與，以至與基層工人運動息息相關。

早年衛生規劃

香港自一八八〇年代開展衛生潔淨的政策規劃，一八八二年英國城市設計師查維克（Osbert Chadwick）受英國委託來港考察後，編寫《查維克報告書》，當中詳細建議了整全的衛生潔淨政策。建議包括設立衛生官，附屬於華民政務司之下，具有實權，與華人社會保持良好溝通，屬管理治安及衛生的官員，然而當時港英政府認為衛生機構不需要有實質權力。一八八三年潔淨局成立，負責香港衛生防疫工作。一八八七年，立法局通過《公共衛生草案》，議案將潔淨局改組，增加六位非官守成員，有兩位由選舉產生，並且擴大執法權力，包括強行清潔、石灰消毒，關閉任何不適合人類居住的屋宇等。雖然從十九世紀開始有以上的法案及政府機構，希望能夠回應人口急增的城市規劃需要，然而仍未足以防備傳染病的影響。

傳染病與潔淨衛生政策

二〇二〇年全球面對新冠疫情衝擊，為著衛生防疫，各國的隔離防治政策顛覆了民眾固有的生活形態及習慣。

一八九四年的香港，同樣因為傳染病影響了整體社會。當年鼠疫爆發，香港宣佈成為疫埠。港英政府認為華人的衛生意識薄弱，推行高壓手段抑制疫情，導致社會尤其華人十分反感。港英政府以強硬手段拆遷染疫的民居，以士兵組成清潔隊反覆清潔及消毒街道，即所謂的「洗太平地」，將患者送到船上進行海上隔離。此等衛生及隔離措施觸發民眾不滿，不惜一切逃離香港回到內地，鼠疫奪走約二千條人命，估計三分一人口離開香港。

當時民間有聲音指出，不能單純歸咎華人的衛生意識，而漠視民眾本身的生活環境，尤其華人居住在高度密集、欠缺衛生配套的社區，構成傳染病威脅。鼠疫為患，民眾亦不滿當局的衛生機關執行力度不足、官守成員欠缺監察作用，驅使社會要求加強民間監察的角色。

潔淨與選舉及民間監察

早於一八八七年的潔淨局改組已經引入選舉概念，當年合資格的選民只有六百六十九名，並限於陪審團名單上有載的人士或納稅人，不過這已經是香港首次政府機關選舉，可見民間參與衛生事務的重要性。

鼠患過後，民間對於改組潔淨局的呼聲更大，一八九六年香港總商會舉行公投，公投問題為「潔淨局應由官守或非官守議員佔大多數？」結果，選民以大比數贊成潔淨局應以非官守議員為主，這是香港史上唯一一次獲官方認可的公投。及後到一九〇八年，潔淨局官員與承包商有勾結貪污、濫用權力之嫌，時任港督彌敦（Matthew Nathan）為平息民憤，成立獨立調查委員會調查，並將公共衛生與屋宇行政跟公務局、屋宇處分拆，成立潔淨署，以增加效率及方便監察。

戰前的潔淨局改組及議席演變，反映本地民間對於參與市政的重視。直到一九三五年，《市政局條例》通過，潔淨署改組為市政局，根據《公共衛生（整潔）條例》管理及監控香港衛生情況，包括家居及街道清潔，管理公廁、公共浴室、井水、墳場等公共衛生設施及活動；又根據《公共衛生（食物）條例》管理屠房、街市、食物工廠、牧場、牛奶店、餐廳。

戰後潔淨事務擴大社區參與

一九六七年後，港英政府加快推行地方政制改革，一九七三年市政局取消所有官守議席，分別設立十二個委任議席及十二個民選議席。市政局具執行權力，屬於三級議會架構的第二級，在制訂法律的前立法局及諮詢性質較重的區議會之間。市政局管理香港各類市政、衛生及康樂體育設施，包括市政大樓、圖書館、博物館；康樂設施包括公園、體育館及運動場等，八十年代興建了多個文娛康樂設施，如太空館和紅磡體育館。

然而，市政局仍肩負潔淨、防疫的重任。七十年代大力推動「清潔香港運動」，致力宣傳「清潔香港」的訊息，設計了時至今日仍廣為人知的卡通人物「垃圾蟲」。另一方面，為防止瘟疫，尤其瘧疾及鼠患問題，一九七九年市政局僱用近六百五十名防治蟲鼠主任及工人，在全港各區進行驅蟲滅鼠，保持環境衛生及清潔。

直至回歸前，市政局仍然不斷增加直選比例，在一九九五年最後一屆選舉，市政局四十一席中有三十二席由地區直選產生，區域市政局三十九席中則有二十七席。回歸後，市政局及區域市政局被廢除。及後，各區市政設施由康樂及文化事務處接管，而衛生及潔淨事務則交由食物環境衛生署負責。

回歸後外判公營服務　經濟結構轉型

一九九七年亞洲金融風暴，經濟危機下，不少公司和政府部門尋求開源節流的方法，除了裁員，外判非核心業務以減少僱員恆常福利開支也成為市場趨勢。一九九九年，政府主張將公營服務外判，推出公務員「自願離職計劃」，除了鼓勵公務員提早退休，亦鼓勵公務員自行組建公司，承包由政府設立的投標服務，變相鼓勵公務員成為私人公司職員，以外判方式管理公營服務。二〇〇〇年起，政府引入外判制度，將大量非技術工人外判。同年，食物環境衛生署（食環署）、房屋事務委員會相繼成立，逐步將原本由政府提供的公共服務交由外判承辦商以投標的方式處理。時至今天，食環署約一萬三千三百名潔淨組員工，當中近八成為外判承辦商聘請的工友，食環署二級工人只剩餘約二千六百名。

回歸後，香港面對經濟轉型。八十年代，內地推行改革開放政策，香港有大量勞動密集型的製造業北移，本土經濟結構迅速轉向以服務業為主。政府提倡香港的產業結構主要由「四大支柱產業」及「六大優勢產業」組成，以金融、旅遊、貿易及物流、專業及工商等服務業支撐香港經濟，四大支柱產業佔整體本地生產總值的一半。然而在積極不干預的政策下，分配失衡，導致貧富懸殊嚴重。

時代巨輪下的基層工友

在宏觀經濟的時代巨輪面前，基層工作的小市民受盡影響。本書中正有不少工友，原本擁有製造業的技能，如製衣「穿綜」的娣姐、家電零件廠的文姐、跨境車司機國哥等，都因為工廠式微、經濟轉型，輾轉成為清潔工友。他們是時代的縮影，經濟轉型下，一批身懷本領的工友，如建造地鐵和機場的昌哥、打金師傅坤叔，都成為照料社區的科文及站長。

他們並非個別的例子，許多工友更要面對外判制度下「價低者得」的投標機制，造成薪酬待遇偏低，轉換合約時失去累積勞工福利的權利。外判公司甚至以行政手段剝削基層工友，如避開支付遣散費或長期服務金、拒絕支付年假工資等，勞資糾紛時常發生在清潔工這個基層工種上。

海麗罷工　外判制度改革

二〇一七年十一月，長沙灣海麗邨的外判清潔工人，因不滿所屬的民順清潔有限公司拖欠遣散費而發起大罷工，罷工十日後，清潔工與外判商達成共識，成功爭取資方發放「年資乘一千二百元」的獎金方案，以及每月加薪一百七十二元。是次罷工促使房署改革清潔工外判機制，包括引入約滿酬金、假日薪酬、颱風津貼，更重要的是改善了投標評分制度，將「價格」、「技術」因素由以往約七三比調整為五五開，並將工人薪資的因素調升至百分之十二點五，清潔工人的薪金因而上升。

食環方面，二〇一九年政府實施一系列措施，以加強保障外判非技術員工的待遇和權益。食環署在相關外判服務合約的招標文件中，加入或修訂條款，包括把招標評分制度的技術評分中，工人待遇所佔的比重增至百分之二十五；規定相關員工在受僱滿十二個月並在合約屆滿或終止聘任時，可享有百分之六的合約酬金；受僱滿一個月可享有法定假日薪酬，以及在八號或以上颱風信號懸掛時工作可獲額外工資至少百分之五十等，可謂工友小勝一仗，取得應有的待遇及保障。

疫症重臨　工友處境改善了嗎？

香港由一八九四年的鼠疫，經過二〇〇三年的沙士（SARS）、二〇二〇年的新冠疫情，到二〇二四年的今天，相隔近一百三十年。回眸過去，反照現在，在疫情封關、圍封、動態清零的措施裡，前線工友一直在「戰場」奮力抵抗。

沒有居家工作的選項，只能承受染疫的風險，憂心回家影響家人，亦因為人手不足而長期加班，沒有休息的機會。前線工友的處境沒有想像中進步，他們並沒有獲分配基本防疫裝備，被迫工作而染疫，居家隔離後被拖欠疾病津貼，政府派發給前線清潔工的抗疫基金受制於外判公司而難以領取等。這些看似無理荒誕的事，經常在清潔工友身上發生，究竟他們的日常是怎樣的呢？

清潔工友除了潔淨人員的職務，他們也有自己的身份故事，例如來自泰國的嬌姐一日打三份工養活家鄉的媽媽；用畫筆畫出美麗香港的蓮姐希望市民生活得舒服；由鄉下來到香港，走進社區擺脫孤獨的阿邦；亦有撐起家庭的雙職女性，她們辛勞地一邊打理家務，一邊打工養家。這些生命故事讓我們更了解工友的日常生活。

今天我們共同面對更多宏觀的挑戰，氣候變化下極端天氣頻繁，暑熱天氣危害工友的身體健康，二〇二三年的暑熱指引是否足以保障工友安全工作呢？根據明愛勞動友善社區計劃委託香港理工大學護理系在二〇二二至二三年期間進行的「勞動友善健康調查」，潔淨行業工友的平均年齡是六十二歲，八成工友身體有多於一處勞損，四成需要忍痛工作，在每天十小時的長工時下，欠缺社區健康服務的支援，他們的健康情況又會怎麼呢？我們的社區能否給予更多的溫柔與體諒，明白工友的處境？無論有沒有都市固體廢物收費的規例，理解綠色運動不單純是環保問題，亦需要看見工衣下的工友，他們風雨不改為我們的城市勞碌，讓我們都更友善地對待社區每一位勞動者。

參考資料

· 陳麗君：《香港民主制度發展研究》（香港：中華書局（香港）有限公司，二〇一五）。

· 顧汝德：《官商同謀——香港公義私利的矛盾》（香港：天窗出版社，二〇〇五）。

· 黃兆輝：《積極不干預：港英政府的中國通》（香港：香港中文大學出版社，二〇一八）。

· 劉潤和：《香港市議會史（一八八三—一九九九）：從潔淨局到市政局及區域市政局》（香港：康樂及文化事務署，二〇〇二）。

· 羅婉嫻：《香港西醫發展史（一八四二—一九九〇）》（香港：中華書局（香港）有限公司，二〇一八）。

· 《勞動友善健康調查》，明愛勞動友善社區計劃委託香港理工大學護理系，二〇二三。

· 《立法會十四題：食物環境衞生署轄下的清潔工人》，香港特別行政區政府新聞公報，二〇二二年七月六日。

在清潔崗位的藝術創作：推動身份流動及勞工身份的想像——訪程展緯

記錄：蔡倩文

程展緯是一位香港藝術家，亦是香港中文大學、香港藝術學院等院校的藝術系兼任講師。程展緯以獨特的視角和行動挑戰社會對勞工的刻板印象，並為勞工爭取權益。他從二〇〇七年起開始接觸草根及勞工工作，以親身經歷考察勞工生活，並發起各種行動為工友發聲。由最初在博物館任職保安，為保安員爭取椅子；影響超市連鎖店改善收銀員的待遇；到後期成為外判清潔工，改善街道清潔工的工作環境，推動重新設計垃圾桶；及後於二〇二一年成為港鐵外判清潔工，改善清潔工友在職場的薪酬待遇。程展緯認為藝術不僅僅是美術鑑賞，而是在現實處境將日常生活轉化成有趣的事。

藝術是大概使事物不定型

程展緯的藝術創作，不僅是對勞工生活的描繪，也是對身份流動的思考。在傳統的社會觀念中，藝術家和勞工是兩種截然不同的身份。藝術家被認為是較有文化的角色，而勞工則被認為是低下的工作。程展緯的藝術創作挑戰了這種傳統觀念。他向人們表明，藝術家和勞工並非不可兼得。一個人既可以是藝術家，也可以是勞工。

程展緯認為藝術大概就是使事物不定型，在他身上呈現出身份的流動，這大概是打破社會不平等的其中一個途徑。通過程展緯的藝術創作，鼓勵人們突破對既定身份想像的限制，靈活地追求更多可能性。

勞工身份的想像

程展緯的藝術創作也為我們提供了思考勞工身份的新視角，拋棄了對工作的既定界限。程展緯對於勞工議題十分感興趣，他認為日常生活的參與才是公民意識的根本。程展緯指出職場是專制的空間，可是我們在職場的反抗最少。「民主意識很難在職場體現，公民運動當中都太側重於政治議題。」雖然參與公民社會也會關注他人的福祉，但程認為「打工仔」身份幾乎是每個人的經歷，其實更加能夠體現大家同屬命運的共同體。

他認為香港缺乏職涯教育，令人對工作欠缺反思，容易成為勞動市場的工具。如果想令人有意識地轉變，就要明白職場應該是另一個模式去認識世界，令人擺脫既定印象去觀看勞工，並撇下既有習慣的視覺，看待工作及工人運動的可能性。

以「日常工運」連結打工仔

程展緯提及以往的工人事工或工人運動，比較傾向傳統單一事件、機械式鬥爭操作，勞工往往被描繪成弱勢群體，需要被同情和幫助。一般民眾似是旁觀別人的災難，相對抽離，無法理解大家身處同一處境，缺乏共鳴。然而，程展緯的藝術創作卻向我們展示了，勞工也是有力量的主體。工人之間需要有更強的連結，看見彼此的共同處境。

因此程展緯不僅是一位藝術家，他還是一位勞工權益倡議者。程展緯在二〇一六年創建了網上群組「放工後打工仔撐未放工打工仔」。程展緯認為，傳統的勞工運動往往過於形式化，與普通市民的距離太遠。他提出「日常工運」的概念，希望將勞工運動融入人們的日常生活，讓每個人都可以用自己的方式參與，亦讓來自各行各業的人可以在群組或私下向他訴說種種職場不公。

進入清潔工崗位　看見制服下的人

在成為清潔工之前，程展緯是一位知名藝術家，作品曾多次在國際展覽中展出。然而，他卻選擇了一條少有人走的路，成為一名清潔勞工。程展緯表示，他之所以做出這個決定，是因為他希望以親身經歷去了解勞工的生活狀況。他認為單憑觀察工友的生活未能夠掌握清潔工的感受，並非客觀地講述工作的狀況。只有真正體驗過勞工的辛苦，才能創作出更有力量的作品。

程展緯形容：「在清潔工身上也如是，我們習慣了看待工友翻起垃圾桶倒煙灰，一個桶幾十磅，我們看不見制服下邊是年長的老人家，我們的城市依賴六十歲以上的人去清潔社區。」他向人們展示，清潔工不僅僅是城市的清潔者，也是有血有肉的人。

呈現工友智慧　為處境帶來改變

程展緯體驗了外判清潔掃街工作以後，透過書寫故事向公眾說明工友的處境，但他發現許多惡劣、剝削的情況，例如有外判工友因為想向清潔承辦商取回合約被解僱，他發現那不是單憑一篇文章足以改變，所以他持續擔任清潔工友的工作。程展緯亦在工友身上看見很多智慧，例如大埔的清潔婆婆在煙灰缸位加入錫紙兜以方便倒走煙灰，免卻重複抽起、反轉整個垃圾桶的動作。他將工友的在地智慧向有關部門反映，又提議在地區嘗試實行，及後推動和關注「桶改」垃圾桶改革的進程，讓工友的智慧應用到全港，使工友工作處境得以改善。

二〇二一年，政府決定維持「兩年一檢」的法定最低工資水平於三十七點五元，程展緯感到十分驚訝，認為勞工的權益被剝削。他查找仍然以最低工資聘請的工作，最後發現港鐵外判清潔工的薪酬仍是最低工資，因此成為了港鐵外判清潔工。在工作中，他發現許多荒謬的日常情況，例如工作環境惡劣，尤其廁所的衛生程度極為厭惡、工具用品不足、工作地點有蟲患卻沒有提供殺蟲水、許多工具不合用；待遇方面，不僅多年來沒有加人工，更加沒有「飯鐘錢」。他也不想停留在發佈文章，所以透過組織工友聯署、舉行記者會、請願等社會行動，呈現更多工友的情況，讓政府及港鐵意識到制度的問題。程展緯曾經在記招過後被公司要求停工，後來他向勞工處備案，質疑此舉有阻嚇及歧視工會會員之嫌。最後他能夠爭取一星期工作一日的安排，程展緯形容在整個過程是創造新的勞資關係。

倡議並非「一條友」在日常之中創作

雖然組織工友的過程看似只有「一條友」，其實他經常將工友聯繫到工會，讓工人組織工作得到承托。他以工友的身份與他們相處，無既定身份的包袱，因此比較可以產生聯繫。程展緯透過投入工友的日常，通過身體力行的經驗，明白工友的處境。他表示工作的確辛苦，但工友的委屈並不是在工作上，而是整個過程他們作為人的需要被忽略，造成許多不公義。

然而對基層工友而言，發聲從來都不容易，在相處過程當中，他發現工友很難閱讀和理解勞工身份。程展緯因此時常通過身先士卒感染工友，例如帶頭向車站站長反映垃圾桶的設計問題，慢慢工友亦習慣向站長反映日常工作面對的問題。同時程亦明白工友的擔憂，他按工友的程度去調整參與的門檻，如在收集工友的表態時以拍下拳頭取替聯署，減少工友對秋後算賬的擔心。程展緯慢慢找到志同道合的工友、同事，有部分較開明的同事亦願意與他聯繫，希望一同改善工作環境。他認為改變人的既定想法、改變勞資既有關係是很重要和有趣的。

關於藝術　在現實中創作

程展緯特別喜歡在現實的環境中創作，他認為藝術不只是停留於藝術鑑賞，而是應該來到人們生活的處境，藝術將日常的東西發展成為有趣的事物。成為清潔工之後，程展緯以自己的藝術創作為勞工發聲。他曾經在藝術展中為登廣告集資，通過地鐵燈箱廣告呼籲市民尊重清潔工，並教育公眾看見垃圾背後的清潔工友。他甚至以日常撿到的垃圾去創作，例如哼一首歌呈現杯裝手搖飲品對工友的困擾；也曾在港鐵站以垃圾袋套在身上默站抗議，要求改善清潔工的待遇。

程展緯還時常利用各社交媒體分享自己的考察心得，喚起大眾對勞工日常權益的關注。他認為工作裡面並非單純規條、某種行徑可以還是不可以，而是引發大眾和公司重新思考，在過程中產生一些張力，讓勞資之間不限於既定想像，讓大眾反思清潔工的申訴均是很合理的要求，為何我們會容許自己或工友身處那差勁的處境。

創造自己的路徑　重視工友年資

就清潔行業而言，程展緯認為行業需要經驗傳承。外判制度下不斷轉換合約，行業欠缺經驗累積的機會，亦沒有發展思維。每一合約被視為單一工作，整體上缺乏求變，工作交替往往草草了事。即使作為清潔公司中層管理，管理前線數百位清潔人員的監督，他們的資歷都沒有受到認可，何況前線的清潔工友，他們的資歷就似不值一提。當遇上問題的時候，監督為前線爭取保障，但中層往往卻缺乏支援，處境就很不容易，想求變的人很容易被制度「磨平」，他形容這種中層的困局令到行業欠缺機會進步。因此他認為，應該承認清潔工友的年資，提出對水準的要求，肯定工友的能力。同時通過梳理工種及行業經驗，制定行業標準，才得以監察和長遠改善行業生態。

程展緯認為目前在社會上、職場上有許多固有制度，未必有有效的渠道進行自我修正，他提倡我們可以透過自己創造不同的路徑，例如通過市井文化去呈現處境。他認為以往我們都會期待制度改變，但除了被動地期望系統改變，我們自身也有網絡連結的能力，透過集結相近價值去形成文化。

看得見的清潔工，看不見的價值——訪歐陽達初

記錄：李維怡

關注本地福利制度及勞工權益的達初，畢業於香港中文大學社會工作學系，曾任「關注綜援低收入聯盟」組織幹事，後於英國雪菲爾大學取得社會政策學博士，現為嶺南大學社會學及社會政策系助理教授，期望結合理論和實踐，以知識生產貢獻基層運動。他的研究興趣包括福利政治經濟學、貧窮與社會保障、就業政策與在職福利、批判與基進社會工作等等。現時的他，主要從事與社會保障及零散工有關的研究，包括綜援、在職津貼、最低工資等，研究對象最近集中於零散工，包括清潔工、平台勞工等。是次訪問之目的，是了解達初對香港清潔工友社會角色的看法，以及分析一下工友在現行福利制度和勞工政策之下的處境。

不只是「倒垃圾」

有關清潔工現時的就業狀況，達初指出，潔淨行業的工種千變萬化，其僱傭關係的形式也遠非單一。每位清潔工友考慮是否從事一份清潔工作，有許多薪酬以外的原因，包括：工作時間是否可以配合他其他需要？例如照顧家人的時間、照顧自己身體健康的時間、地點是否方便、同事是否互相合拍等。同時，如果一個工友要轉工，清潔工屬於入職門檻低的職業，例如年事已長的工人，就可能因找不到其他工作而要從事清潔工。因此，如果

要研究清潔工的就業，必不能只著眼於薪酬，還須從工友生活的其他部分著手去理解。

他看過不同地方清潔工的資訊，其中相似之處，就是在不同地方，連清潔工自己都會認為自己的工作是厭惡性行業。這樣的情況，除了因為物理上的骯髒感外，社會文化的偏見也是貶低清潔工價值的主因。因為長期被社會貶低，從事清潔工的人，便往往同時是邊緣群體，包括貧窮的新移民、婦女及長者等。亦因此，在清潔工的勞動過程中，工人無論與清潔公司、政府還是住戶居民之間的關係，都普遍充斥著權力極不平等的狀況。同時，由於潔淨行業的「工作績效」可見性太過強，如果做得不夠完善，上司要監控、施壓就很容易。因此，除了體力勞動以外，精神壓力亦屬於清潔工必須承受的勞動成本。

一般人理解清潔工，以為就只是「倒垃圾」。達初表示，這是一種完全的誤解。他認為，我們必須注意到，潔淨工作其實屬於勞動再生產的性質，清潔工事實上照顧了整個城市，讓其可以每天繼續運轉。早幾年疫情爆發，社區裡的清潔工要處理很多事務，當清潔工們因疫情而不能出門時，堆積的垃圾才似乎讓人普遍感受到清潔工對我們的重要性。環境清潔與否的能見度很高，但清潔工生產的貢獻能見度卻很低。從這個角度可見，社會付給清潔工的交換價值，不論是尊重還是薪酬，都遠遠無法反映其使用價值，因此，社會很應該重新理解和估量他們工作的性質和價值。

在重拾尊嚴工作的過程中，香港的清潔工友會面臨許多挑戰，他們身為一個人和一個工人的生活，都面臨很多制度和文化的掣肘，包括外判制度、社會偏見、最低工資、潔淨服務商品化、欠缺恰切的社會保障制度等。以下達初主要會從福利保障及勞工權益兩個部分去探討清潔工友面臨的挑戰，以及初步提出改善的方向。

零保障：長者在職貧窮，保障欠奉

達初認為，香港的福利制度，對於在職貧窮或長者勞工的保障，遠非足夠。就如本書中訪問所呈現的那樣，許多清潔工都是長者勞工，同時也面臨在職貧窮。這主要是制度性問題，因為大部分工友是外判清潔工，雖然未去到臨時工那種「今日唔知聽日事」的地步，但都面臨一定程度的零散性。同時，受到外判合約制的影響，政府每幾年就與外判清潔公司續一次約，公司就每次續約都要工友重新簽勞工合約。因此，即使工友在同一間外判清潔公司裡做了同一個職位許多年，都無法以儲年資的方式來獲得加薪，想望加薪，就只能要依靠政府是否有加最低工資。

就著長者的社會保障，現時除非申領綜援，否則長者就只有依靠長者生活津貼（下稱「長生津」[1]）。目前長生津的入息限額對在職長者來說較低，因此，假設一對長者夫婦都從事清潔工，很可能無法申領長生津。又或者，有些長者多年來儲下的「棺材本」，就已超過了資產審查。

達初質疑，全球的福利和勞工政策都傾向鼓勵延遲退休，近年政府也將退休年齡由六十歲提升到六十五歲，這對部分長者來說可能是「延長工作生活」，但對基層長者來說亦可以是「延長被剝削生活」，個人生活自主性及保障大大降低，即使力有不逮，仍要勉強去工作，而且，是從事勞動強度大的清潔工作。

達初又提到，早兩年，政府剛取消了一個對長者勞工很重要的在職貧窮補助，就是鼓勵就業交通津貼。政府把交通津貼（下稱「交津」）和在職家庭津貼（下稱「職津」[2]）合併，其實等於是取消交津。大家只要仔細了解一下便會知道：交津要求市民每月上班七十二小時就已能獲取，但高額的職津要求就高許多：工友要一個月上班一百九十四小時。換言之，平均大約每週要上班四十八點五小時，才合資格領職津。許多清潔工是外判公司的清潔工，亦有許多不一定全職；即使全職，有時編更也不會達到每週四十八點五小時那麼多。而且，申請職津除了要計算工時，亦要審查資產和入息限額，頓時令到申請難度高出許多。還有一樣更致命的是，交津是以個人為申請單位，只要有上班就幾乎一定能領取，長者工友無須處理同住家人是否願意一起接受審查的困難。雖然職津的入息資產限額比起綜援要寬鬆，但職津就與綜援一樣，一定要居住在同一地點的人全部一起申請。假如家人之間有人不願意向其他人公開自己的資產，或不願意申請，覺得有需要的長者就無法自己去申領。

達初指出，職津的政策設計，本來是更傾向於協助那些家中有幼兒的在職貧窮家庭，並不太適用於長者。況且，職津本身就是一個強調長工時的政策，這一點本身就與合理工時、照顧家庭的需要互相違背。而且，兩者合併後，現時香港已無針對個人低薪的在職貧窮保障。

十多年前，香港不同的民間團體一直爭取政府設立全民退休保障。達初認為，為了令到長者老年的生活不用面對很大的經濟壓力，不用為了生活繼續從事極辛勞的工作，實在應該設立全民退休保障。而全民養老金不設經濟審查，長者勞工不需擔心因工作而被取消資格，可有更穩定的保障及自主性。

歸根究底是權力的問題

現時，清潔工們在工作上的決定權非常少，無法去與管工或公司談判一個合理的工作環境和程序。過去除了少數的清潔工罷工外[3]，反而因為普遍缺人手，唯一脫離不合理工作環境的方式，就只有離職。

達初亦注意到，許多清潔工友的健康問題。做清潔工勞動強度高，經常重複做同一個動作，容易勞損、患上痛症，但這個勞動成本卻要自己承擔。香港的公立醫療服務，要排隊排很久，但痛症影響生計，故工友往往看中醫做針灸，自己承擔費用。雖然每間公司都有買勞保，但由於年紀越大勞保越貴，因此公司通常不傾向再付給工友醫療津貼，再者，勞損本身在工傷條例中根本就不算是工傷。最後，工友又往往因年紀大，而無法證明自己的痛症是與工作有關。種種問題，達初認為其中一個最重要的方法，就是要政府在自己的外判條件中，進一步將勞工待遇在投標評分的比重提高，或要求投標者向工友提供醫療津貼。

達初認為，過去幾年民間社會的爭取有些許成功，令到政府現時的外判條件中，規定投標的其中一個分數是工資水平，且水平相對有提高。因此，現時公共屋邨和食環署的外判清潔工工資都已上調。可是，同樣是從事公共服務的清潔工，部分康文署的外判標書要求，卻沒有跟隨食環署的改善，因此現時薪酬較低。達初質疑：「既然大家都是政府部門，為何一個部門有一個做法，難道不能睇齊？」他又觀察到另一涉及大量低薪清潔工的機構，就是以政府為最大股東的港鐵：「以一個這麼大的公共交通企業，是否應該跟隨政府外判的標書要求呢？」

談到勞工問題，達初氣憤地逐樣數算：「至於外判公司違規問題，其實長年都有，包括工傷、假自僱等，但因為罰則太低微，公司近乎可以不理，政府在這方面可謂管制無效。」

最後，就是工作環境的問題。不少清潔工都曾提及垃圾站非常熱，尤其是夏天暑熱時更難忍。許多清潔工都是長者，在這樣的環境，長者容易暈倒或長期病發作。「其實垃圾站的空間可否重新設計？或者暑熱天氣讓工友休息的指引，是否應嚴格執行？」另外，在舊區，不少三無大廈根本沒有清潔工，而住在這些大廈的劏房戶不少也是基層勞工，大家都可能經歷長工時才回家，很難要求大家再拎著垃圾徒步走下唐樓樓梯，再走幾條街去找一個垃圾站丟垃圾，然後又再爬上樓梯回家。因此，現時不少舊區的垃圾桶旁都有垃圾堆積，辛苦了清潔工。其實，政府只要多放幾個六六〇桶（大垃圾桶）在這些區域，便可解決掃街清潔工的工作量問題。

「歸根究底是權力的問題，清潔工在職場上有幾大議價能力？在政策上有無發言權？他們的聲音能否影響到工作的條件？」

三大方向改善清潔工處境

談到改善方向，達初提出三大方向。

「首先，要減低商品化程度，薪酬不能全由市場和僱主話事。」達初建議，要解決長者勞工在職貧窮問題，不能讓投標的公司用價格低來做競爭，應該要訂立具勞工權益視野的要求，要求外判公司執行，並對不執行的公司加嚴罰則。另外，他認為提高最低工資或把最低工資掛鈎生活工資，就最為簡單直接。所謂生活工資，有計算方法：要根據一個工人基本生活需要、普遍社會上需要供養某個人數的家庭成員的所需，去計算時薪多少，才能維持到基本生活。根據樂施會二〇二三年的數據[4]，應該要把時薪定到六十元才算與生活工資掛鈎。這樣做的話真正受益的人數會少於五萬人，且當中不少是清潔工。

「第二，是鼓勵職場民主，讓清潔工們有更多的決策權。譬如說，有無可能不用外判公司的模式把工友組織起來從事潔淨工作？就像上述的單幢大廈或三無大廈，其實𠝹房街坊和清潔工友以個別身份處理的話，根本不可能處理得到那麼多垃圾。如果工友組成合作社去與大廈的法團談生意是否可能？」

現時，許多自僱清潔工，往往是一個人承包幾座單幢大廈、三無大廈或餐廳。這類自僱清潔工，自己吞下所有成本，經常面對欠薪，而且單幢樓的業主立案法團，通常把薪酬壓得很低。有時，由於是自僱，不同的清潔工在社區裡不但無法團結，更會出現競爭關係。達初認為，其實可以考慮以屋宇署或食環署去作協調角色，讓工友之間用合作社形式去營運，讓他們能對這些工作合約更有掌握。他指出，詳細的細節還待探索，不過值得朝這方向去探討[5]。

最後，達初認為：「勞工權益，其實社會文化的價值都有影響。」他認為，大家習慣性地把自己不想見到的東西掃出門口，讓清潔工去處理，就好似清潔工有魔法，可以令到大家丟出門口的東西自動消失。達初強調，清潔工其實是社區健康最前線的捍衛者，每天照顧著我們的城市[6]。在現時政府的劃分裡，衛生和健康是劃分給衛生署管，而環境衛生是劃分給食環署管。可是，達初指出，清潔工每天在處理的衛生問題，其實是社區和基層健康中一個必須的部分，疫情爆發期間，這一點已經暴露無遺。因此，他認為，在把清潔工的交換價值和使用價值變回等價的過程中，教育公眾認識清潔工的社會價值，及學習尊重清潔工、改變丟棄垃圾的習慣，是不可或缺的一環。

1 https://www.swd.gov.hk/oala/#s4

2 https://www.wfsfaa.gov.hk/tc/wfao/wfas/eligibility.php

3 較大規模的有二〇一六年的威爾斯醫院外判清潔工罷工、二〇一七年海麗邨清潔工罷工，以及二〇一八年觀塘食環清潔工罷工等。

4 https://www.oxfam.org.hk/tc/what-we-do/advocacy-and-campaign/hong-kong-advocacy/living-wage

5 相類似的合作社，香港和外地都有例子：
https://www.tccoop.ca/
https://hkwwa.org.hk/eco-community/green-cleaners/

6 見明愛倒垃圾學堂、賽馬會創新實驗室：《我們城市的照顧者：一本關於倒樓清潔員的小誌》，二〇二三年。

第二章 清潔工友的移民史

辛苦都唔好心苦——嬌姐由泰到港的生命之旅

努力做好自己份工——畫出美麗香港的蓮姐

種田到洗街，鄉下到城市——垃圾幫「邦」主的浮沉歲月

辛苦都唔好心苦——嬌姐由泰到港的生命之旅

受訪者：嬌姐

訪問：葉子青、張詠儀、蔡倩文

書寫：張詠儀

由童年到現在、由泰國到香港，嬌姐都認為刻苦解百難，若刻苦也無法改變的事情，就以因果觀念自我解釋。與嬌姐傾談數次，令筆者更加思考：在她個人的刻苦與因果之外，我們其他人，以及社會的制度，又在一個草根的人生中，扮演著什麼角色？

超能幹的童年

蓄短髮、皮膚黝黑、身材嬌小、聲量有點大又很爽快的嬌姐，看似一個隨處可見的清潔工阿姨。就算她開口說話，那些細微的口音，也未必能聽得出她是出生於泰國。嬌姐一九五八年在泰國曼谷呑武里府（Dao Khanong，ดาวคะนอง）出生。父親是來自東莞的華人後代，母親來自曼谷以外的省。「我哋細個住嗰啲好似鑽石山啲木屋，嗰啲 slum，窮嘅人住埋一齊，泰文叫 ที่ทรัพย์สินส่วนพระมหากษัตริย์，即係『租皇帝嘅地』。」

「老豆唔生性，我做大女，覺得阿媽太辛苦啦，就努力幫阿媽。」嬌姐從小幫忙操持家務，除洗地、洗衫、煮飯、照顧弟妹等等之外，十、十一歲開始，就逢週末去母親工作的酒樓推點心車賺錢，朝七晚三，每日工資是現金二百泰銖。中一更開始去咖啡店及酒吧樓面兼職，每天放學後工作至半夜三點，賺到的錢全數交給母親。

七十年代初，嬌姐小學畢業，考上了中一，在曼谷一所頗有名的女子學校（Satri Si Suriyothai

蓄短髮、皮膚黝黑、身材嬌小、聲量有點大又很爽快的嬌姐。

School，โรงเรียนสตรีศรีสุริโยทัย）就讀。縱然父親不鼓勵女兒讀書，嬌姐對自己的優異成績卻相當自豪。那年，哥哥中二，家中只剩百多元，只能夠讓其中一人交學費。「阿哥話：『畀阿妹讀啦，我唔讀了』。」說到這兒，嬌姐忍不住流淚。

不只成績，她的體育細胞也相當不錯。小學時常參與校內籃球比賽，也得過獎牌，「細個二哥成日帶我去打籃球，全部係男人，得我一個女人！」初中被選進籃球隊，次次也要落場比賽，球隊三年的成績也相當優秀。

十八歲中三畢業，本因成績及體育才能，可以直升中四，但那時母親要她跟隨嫁了給泰裔美籍軍人的阿姨，去美國生活。她先是去阿姨家幫忙照顧小孩，過了兩年多發現簽證申請出了問題，結果被阿姨留了在泰國，也沒法回去高中繼續學業，只好出去找工作。

由女兒突然成為了妻子、母親和媳婦

當時，嬌姐順利找到一份餐廳收銀員工作。期間，認識到一個男同事，在非自願下懷孕並被迫結婚。二十歲出頭的嬌姐，從此多了一頭家要照顧。不久，她發現丈夫外遇，雖然感到傷心、憤怒，但面對社會文化對離婚婦女、單親家庭及子女的歧視，以及顧念奶奶，最後決定分居但不離婚。

在奶奶介紹下，她工餘時參加了標會（เล่นแชร์）[1]，慢慢儲下了一筆積蓄，她便與奶奶商量，一半時間做生意，一半時間繼續照顧奶奶。奶奶同意，她便在曼谷廊鑒縣（Nong Khaem，หนองแขม）開始了塑膠回收生意。

「攞垃圾堆嗰的膠袋呀乜嘢呢，拎出來洗，洗完晾乾，晾乾壓咗一嚿嚿，好似紙皮一嚿嚿，賣去工廠做二手塑膠粒。」初時不懂塑膠分類，不過遇上欣賞她的塑膠廠老闆娘，教她用打火機燒塑膠辨別種類。「有 nylon 呢、PPC 啦，好多種膠，百幾種，透明嘅、有顏色嘅、黑色嘅，價錢唔同，好似 PPC 就貴啲啦，啲膠可以做零件，又可以做玩具，做乜都得。」

奶奶過身後，丈夫把屋賣了套現，將錢通通拿去做賭本。丈夫迫走嬌姐，又不肯離婚，嬌姐便在塑膠

嬌姐年幼開始信佛，常到寺廟參拜。

回收廠附近租了一幢三層高的屋住，做廚師的弟弟提議善用地下的空間做飲食。嬌姐拿著一萬泰銖，買了些枱凳、電飯煲、廚具，便開展了餐飲生意。

煮食由弟弟和母親負責，她就負責其他開鋪的雜務：去街市買餸、執枱、收錢等等。因為鄰近工廠，生意很興旺，「仲好生意過回收塑膠呀，做豬血湯、炒嘢、滷水豬手配白飯，一包米一百公斤，賣三餐，兩日就用完啦。一日最少用四隻豬手，夜晚有人嚟飲酒，阿媽就炒啲辣椒葉、煮冬蔭湯，每日做到十二點我先有得瞓覺！」一間細細的餐廳，讓嬌姐家中十幾個人都有收入，「不過我就無收人工啦！」

從泰國到香港

有個星期六午市過後，餐廳來了一個客人。他說潮州話，夾著英語和廣東話。嬌姐母親懂聽懂說，客人在異地聽到熟悉的語言，十分歡快，後來還帶了他老闆和朋友去光顧。原來那客人是港資塑膠模廠的技術師傅。

有次嬌姐母親在店內意外暈倒，那客人熱心協助，背起嬌姐母親，飛奔去找的士。嬌姐察覺到客人有意追求她，就問他「想點」，他說他喜歡嬌姐。而嬌姐經歷了上一段婚姻，只想一心拜神，不想再為感情事將自己搞得那麼痛苦，決定由媽媽說了算。媽媽覺得他是個好人，同意了，他們才開始交往。這段期間，那一直不肯離婚的前夫，仍經常向嬌姐借錢。有一次他又來借錢，嬌姐提出以錢換離婚證書，兩人即場簽紙遞交，她終於正式與前夫離婚，老死不相往來。

嬌姐遂開始新生活，與新男友同居，日子也過得不錯。當時男友沒有帶單身證書去泰國，未能跟嬌姐在當地註冊結婚。一九九五年，男友帶嬌姐返香港和內地，擺酒和辦結婚手續，再一同回到泰國生活。

一九九七年，亞洲金融風暴，泰國是受金融風暴影響最嚴重的國家之一。有趣的是，嬌姐說她對此沒有很大印象。唯一能想起的是，當時他們正在供款買樓，供款到中途，地價暴升了百分之五十，便開始要向銀行借貸以繼續供款。

後來，因為丈夫的弟弟在內地買了地準備設廠，弟弟請他去幫手，於是嬌姐才跟丈夫來港。

「一九九九年二月十七日，初二，我仲記得，喺大角咀朋友屋企瞓咗一晚，先返到粉嶺，住喺聯和墟、老公大哥嘅物業，等咗六個月先有身份證，之後就開始出嚟返工啦。」丈夫回港後短暫停留，待嬌姐取得身份證後，便匆匆去了內地弟弟的工廠工作，剩下嬌姐一人在香港。

來到香港後，嬌姐極大部分時間都是同時打兩份工，「要快啲搵錢嗰陣就會打三份工」，樓面、廚房、洗碗、地盤雜工，她都做過，每天工作平均最少十二、三個小時。而她賺到的錢，如在泰國一樣，只留極少部分供自己生活，大部分都寄回泰國給母親生活、子女讀書、兄弟妹的醫療開支以及他們子女的學業之用。

二〇〇一年，丈夫弟弟的工廠倒閉，丈夫回港後，也再找不到塑膠廠的工作，轉行去了做清潔。兩人

第二任丈夫與嬌姐於海灘遊玩時，圖攝於九十年代曼谷附近的海灘。

在不同站頭工作，嬌姐做夜更，然後接著做早更，下午回家睡覺；而丈夫則是下午上班，兩人的時間好像兩列火車上了不同的路軌。二〇〇六年，嬌姐間接地從同事口中發現丈夫外遇，晴天霹靂。

兩人大吵一場，丈夫從此失蹤，嬌姐開始不停飲酒，以酒消愁，「廿四小時無飲過水，係揸住罐啤酒，好記得金威四罐十蚊。」那時她早更在佐敦上班，下午到凌晨在灣仔春園街做站長。她與附近街坊關係不錯，有時收到一些剩菜、過期麵包，她會放在一旁，讓附近有需要的人來拿走。「呢個又畀（啤酒），嗰個又畀（啤酒），阿姐飲酒、阿姐飲酒，飲到對面啲麻甩佬呀，成日同我隊，我請你你請我，佢好喎又安慰我：『嬌姐，你唔好咁傷心啦，時間會沖淡一切，唔好諗咁多嘢啦！』」她還記得，有一次在站頭跟一些裝修工人吵架，因為他們將工程垃圾放到她的站，嬌姐著他們搬去指定的垃圾站，他們不從，動口又想動手，街坊們就出來保護嬌姐。

嬌姐站立在垃圾站前，預備斗車的倒垃圾工作。

清潔工生涯中的變化

她記得，二〇〇二年做莊臣，全職的月薪是四千八百五十元[2]。在私人清潔公司做散工，日薪初時是三百至四百元，後來加到大約五百元。在她記憶中，在私人公司或食環外判工作的薪酬一直沒顯著加幅[3]。

即使是到了二〇一一年，政府訂立最低工資制度，她也沒特別提到其後工資有什麼明顯改變[4]。「有次開工，隔籬有個市政（註：應為政府合約）清潔工，見到我哋呢啲外判工，以為我聽唔明廣東話，話『人工咁低又好肯做喎』。」嬌姐有她自己的分析：「其實政府逐啲逐啲減佢啲伙計呀，咁咪唔駛畀錢佢哋退休囉！」到近幾年，她才感覺到人工有明顯的提升，卻不知其原因[5]。

然而，嬌姐觀察到工時的變化。以往她做「掃街」，三個更期的時間分別是：早上六點半到下午三點半、下午三點半到晚上十一點半、晚上十一點半到早上六點半（如有通宵更），大多都是八小時一更，半更則是四小時。然而，後來卻多了五、六或七小時的更期，上下班時間也不再統一。原因她也不清楚，而對她的影響是同時打兩份工時，上下班時間難協調。

廿餘年燃燒身體　煉就「揀工」的條件

其實，嬌姐在港的廿多年間，大都是從事清潔工。首先是語言上的限制。嬌姐並不是完全沒受過教育，以前在泰國做過飲食業、服務業，還有開小型工廠及生意，只是在香港，她雖懂聽懂說廣東話，但不懂閱讀及書寫中文。

那麼，能否再做餐廳呢？這方面嬌姐當然不缺經驗。然而來港多年，大部分收入一直都給了泰國的

每日都要收集及推送八至十桶垃圾

家人，沒有足夠本錢。同時看到香港的弟弟多年來做餐廳，作為老闆東奔西撲，處理大大小小經營問題，「又要計舖租，又要計本錢、周轉，又要攞牌，喺香港做小生意好麻煩㗎！」她很快就打消了這個念頭。

替人打工，在泰國和香港也有做過餐飲工作的嬌姐，說自己「唔鍾意做酒樓，唔鍾意做廚房，個人鍾意獨立，一個人做，唔駛埋堆咁多，又講壞話又鬧交又盛，講嘢好麻煩。」雖然不是所有基層工種都做過，然而清潔工算是她所嘗試過的，可以讓她較獨立地完成工作的工種。

嬌姐待過的地方有食環垃圾站、公營街市、公共屋邨、私人住宅、商場，做過的崗位有掃街、洗街、洗廁所、洗街市、做樓（清理垃圾及清潔）、垃圾站站長。「山翠苑、勵德邨、聚賢居、太子匯、珠江大廈、網絡大廈、環球大廈、重慶大廈、世貿商場、肇輝臺，中環啲私人別墅，香港大學對面，四五十層嗰度、灣仔有啲咩臨時宿舍、利東邨、海怡半島、秀茂坪政府樓，我都做過，最多做港島，成個香港九龍去到鴨脷洲我差唔多都做過晒，多數係做樓呀，商場好少做。」做全職也有做散工，做正位也有做替假，在不同政府外判工、私人清潔公司出出入入，聽過不少外判公司的惡行：欠薪、扣假、「收利是」，也有聽過一些工友如何揭發這些事情，「我八卦嘛。」

工作中重複且長時間的體力勞動、酷熱天氣、惡臭等等，這些她都可以忍耐，「熱天係辛苦啲，攰你咪抖一陣，飲啖水再出去做嘢囉。」有年平安夜，人手不足，她連續開了三日工，「衫乾完又濕，濕完再乾，喺站頭瞓覺。」做清潔工，甚至做人，嬌姐都說「辛苦都唔好心苦」。「做站長要同街仔[6]嘈交啦，人哋抌傢俬、抌雜物，又要走去睇，又要話人『唔好再嚟啦！唔好成架車嚟啦，倒一半去修頓（球場的垃圾站）啦！』，又畀人X老母，又鬧八婆，

市民丟棄大型垃圾時，嬌姐會於垃圾站門口指定棄置位置，協調垃圾車運送。

做到真係好辛苦，個心都唔得平靜。」面對這些事，嬌姐依靠她的宗教信仰，「一呼一吸」，叫自己平靜下來、不要在意。

這些年來，最不愉快的，是在上環一幢高級私人住宅做時，聽到經理同大經理講「想請啲後生啲同識中文嘅」，「佢要我做咩我都做畀佢！即刻做嗰，我又唔係做唔到。」而最開心的工作，竟是打三份工的一段時間：早上七點到下午五點在山翠苑工作，晚上去銅鑼灣利園做商場清潔到晚上十點，然後淩晨再去百德新街做垃圾站站長，三點在站裏睡一睡，朝早六點坐車回柴灣再開工，「有屋企都唔駛返。」（筆者：「咁辛苦，個開心位喺邊度？」）「因為辛苦到，十號風球我要鋸樹，鋸樹又要擒又要拉又要行樓梯——我做到（業主立案法團）主席都話我好肯做囉——開心位就係無人投訴囉，啲住戶又對我好好囉，有時行到我哋啲架步，有啲湯又有咩畀我哋飲囉！」嬌姐指的「架步」，是指山翠苑容許

除了收集垃圾和協調垃圾車，嬌姐還要處理站務、清潔地面。

她有個小小的空間，可以煮食，也有床位，非常方便她的工作之餘，又是一個可以好好休息的地方。於是，她連花王和滅蟲工作都自動完成，試過有住客爆渠，她更拎住個泵上去幫忙。

初入行時，嬌姐有擔心過難搵工，後來，多數都是靠朋友介紹，甚至試過被挖角，「有次被急調去將軍澳頂一頂，做咗三日，果邊個科文(foreman 音譯，即工頭)就問『留低呢個喺度得唔得？』跟開個科文就話『唔得唔得，呢個係我助手！』」「想搵人工高啲，所以我成日走來走去，同埋我鍾意試工嘅，好做啲我咪做耐啲，唔好做咪做幾個月我走啦。有時唔鍾意同事唔做，有時人工唔啱心水又唔做、有時時間唔夾又唔做、做樓唔鍾意啲保安又唔做，周圍走，怕咩，做得到嘢，多數我都炒老細，老細無咩炒過我。」

社工問，「咁你有無諗吓個身體會唔會太操勞呀？」

嬌姐理所當然地說：「無諗呢啲，要搵錢嘛。」

工傷忍得就忍

幾年前，嬌姐也曾在工作中受過傷，那次受傷，是平時「忍得就忍、頂到就頂」的嬌姐都有深刻印象的一次。

那天晚上，嬌姐在清理街邊廢置卡板，後退時一不留神，就從垃圾車尾板跌了下來。「好彩唔係跌落(垃圾)池，入面有部機絞爛啲垃圾，如果跌咗落去，連條命都無呀！」雖然撞到頭，人仍清醒，亦沒有感到極之不適。因為不想阻住司機收工，便沒有堅持要求司機向上頭報告，也沒有立即去醫院檢查。但過了三天，在另一份街道清掃的工作期間，她推著手推車，心口突然劇痛，「我唔想死住呀！」她當時相當驚恐。劇痛沒有持續，她也因此沒有即時去醫院，只是先打電話為晚上的工作請假，夜晚收工後自己趕快去排急症室。經過檢查，未能查出痛楚具體源頭。幾天病假是請到的，但嬌姐沒有上報她工傷。關於工傷的勞工權利，嬌姐是大致知道的，只是她實在太怕告知同事及上司自己工傷，及接受相應安排，她認為帶來的問題比解決到的多，「嗰次又過咗時間報工傷，唔想麻煩到人，佢哋會覺得我麻煩，覺得我係專登。」

嬌姐又說，她有個同事，在到職後第三日扭到腰，看了醫生，醫生判斷他暫時未能工作，休了兩個多月帶薪休假。嬌姐覺得他傷勢其實沒大礙，應該可以正常工作，不過知道工傷「有著數」，於是刻意偷懶，嬌姐覺得很氣憤。那工友的情況，筆者也沒更多資訊，無法判斷那工傷是真是假。筆者問嬌姐，萬一那工友是真工傷，又知道別人覺得他是裝的，會有什麼感覺？她卻說，「我個人就係為咗人哋，唔為自己囉，即係唔想人哋麻煩，自己痛少少唔怕啦，忍得到，唔駛麻煩人搵人替工，又要寫報告又要乜嘢，同埋唔想人哋話我做嘢渣呀……」

在其中一次訪談的最後，嬌姐突然這樣說：「要畀心機呀做嘢，唔係後生啦喺家，自己又要養自己，又要顧住屋企人，幾多個人等你呀！」聽到這段說話，筆者不禁對嬌姐說：「你已經做咗呢樣嘢好多年啦！」嬌姐回以一個淡淡憂愁的微笑。事實上，嬌姐多年工作已勞損嚴重，成天這裡痛那裡痛，但卻習慣了把痛楚當日常，把刻苦當成信仰。

可是，其實嬌姐的分享，正正道出了一些工友在面對工傷時複雜和矛盾的心情：他／她們不只考慮是否有受傷、其嚴重程度，也要考慮上報工傷會否影響上司對自己能力的評價、職場關係及能否保住工作[7]。

廿多年，香港人？泰國人？

幾次訪談，聽嬌姐由她的童年開始講，到原生家庭、成長、婚姻、工作、移民經驗、信仰／世界觀。每遇上幸運的事，或別人的善意，她想，可能這些是觀音菩薩給她的，「我幫手清潔香港，係做善事喋，掃狗屎呀，有人嘔呀，呢啲，為咗你哋行路唔駛咁咩囉，你哋有時見到，唔想行過去，郁吓你跌親呀，啲人又避嚟避去……」不過，嬌姐雖然總是做得比要求多，但她也不忘強調：「而我又真正，事實係搵錢，正正經經，不過我老實講，我多謝香港畀機會我做嘢，我喺泰國咁嘅年紀無人請喋啦，六十歲退休，喺家仲提早咗添……」

嬌姐一直強調在香港的多勞多得，所以要勤力。在香港如此辛勞，廿多年了，對香港有什麼感覺？「老實講句我可能習慣咗香港，廿幾年，覺得香港都係我一個屋企，不過呢，最衰，我一個人，個心仲喺嗰邊（泰國），因為全部嘅人都喺嗰邊。」嬌姐一面說，一面拿出手機，向我們展示在鏡頭另一邊泰國家裡的實況。

一樣米養百樣人，因此對「香港人」的感覺，自然也有不同：「廿幾年，都有啲人歧視我，唔當我係人。」嬌姐指出，過去多年在不同崗位都覺得，有些科文，見膚色較黑的，像泰國、尼泊爾工友，就分配他們做較粗重的工作；亦有聽過有些科文，迫一些少數族裔或年紀較老的工友「畀利是」，否則便解僱或在續約時不予續聘。嬌姐笑言跟到一些好上司，自己又「好做得嘢」才沒有面對這些問題。高層的歧視，嬌姐無計可施，那一般同事呢？曾經，一些華人工友初相見時見她皮膚黝黑，以為她不懂廣東話，就在她旁邊笑她膚色講她壞話，這些問題，嬌姐只要主動去打交道，通常最後都可以做朋友。

但同時，一想起垃圾站附近的街坊和部分的同事，

嬌姐在家中安裝了鏡頭，可以時常瞭解年邁母親的情況，猶似母親的平安鐘。

嬌姐開聲說話時，若然撇開膚色，是地道的廣東話呢！

又會覺得「你哋香港人對我好好」。

一位工人在香港打拚、盡職了廿多年，到頭來還是覺得「香港人」是「你哋」，不禁讓人嘆氣：到底我們的社會有沒有多些可能，讓這些照顧我們的工人可以得到更足夠的照顧呢？

---

1 標會是一種靠民間互助提供小額信用貸款的組織，所有會員首先繳交會費，由提出最高標金（願意支付的利息）的會員投得所有會費。通常標會發起人是為了籌集資金，會員則是為了儲蓄，標會是個平台及機制讓兩者得以互利雙贏。

2 當時香港的入息中位數是一萬元。

3 嬌姐入行時，即二〇〇〇年，政府的潔淨服務已經實行外判制。當時食環署外判投標評分制度的比重，七成是「價格」、三成是「技術」。而工人工資及工時在三成的「技術」部分中各佔百分之五，即是只佔整體評分的百分之一點五，相比佔七成的「價格」評分，投標公司自然不會注重工人工資及工時方面的待遇。政府外判化，私人公司自然也可以壓低薪酬。

4 兩份分別在二〇一五及二〇一七年的調查指出，約八成多的外判合約清潔工人，僅支取最低工資水平的人工，比一般商場清潔工人平均時薪約三十八元更低。

5 二〇一七年海麗邨清潔工罷工，在工會及勞工團體持續的壓力下，迫使政府改革了投標評分制。由二〇一九年四月一日開始，投標評分制當中「價格」與「技術」的因素比例，由以往的七三比至六四比不等，調整為五五比，並將工人工資的因素提升到百分之十二點五。

6 街仔指私人大廈或商舖僱用／自僱的清潔工。

7 根據《僱員補償條例》第十五條規定，僱主在僱員遇到工傷意外或僱員患上該條例指明的職業病後，不論該意外或職業病是否引起任何支付補償的法律責任，僱主必須向勞工處處長呈報。可是，根據明愛勞動友善社區計劃與理工大學護理學系於二〇二四年五月一日聯合公佈的一份研究報告《勞動友善健康調查》，在四百六十三名受訪工友中，百分之二十一（九十四人）在過去十二個月曾因工受傷，當中百分之七十九（三百五十九人）沒有報工傷。再比較一份幾乎十年前的報告：根據香港天主教勞工事務委員會二〇一五年《政府外判清潔工人職業安全及健康狀況調查》，三百二十名受訪清潔工，五分一人曾因工作而受傷。在這五分一人當中，有六成人沒有向勞工處呈報工傷。可見情況並未改善。

努力做好自己份工——畫出美麗香港的蓮姐

受訪者：蓮姐（化名）

訪問：張善怡、葉子青、蔡倩文

書寫：張善怡

蓮姐任職食環署街道清潔工，來港已快滿七年，子女則仍在內地生活；當女兒問她現在做什麼工作時，蓮姐這樣回答：「我呢份工就犀利喇，係畫出美麗香港！」

「即係咩工？無聽過嘅？」

「即係揸大筆呀，掃街呀，畫出美麗香港呀。」

「阿媽你真係好笑，仲話揸大筆，掃街就掃街啦。」

蓮姐覆述她與女兒的對答時也笑了起來，爽朗的聲音中，聽出蓮姐對她的工作，有著一份自豪感。

筆者也回道：「確實無咗你哋（清潔工們），想像唔到，香港會變成一個點樣嘅垃圾堆呢。」

蓮姐說：「係呀，你做呢份工就要敬業。」

不光是口說，實際工作中，蓮姐也確實花了很多心思，把工作做好。

由「計劃經濟」到「自由戀愛」

蓮姐一九六六年出生在廣東汕尾，經歷計劃經濟「糧票換糧」年代：「阿爸出海打魚，每月可換四十斤米，阿媽無做嘢可換二十四斤，小朋友有十幾斤。阿媽仲有養兩三隻豬仔。」一家六口，總算得溫飽。

蓮姐的工作是要畫出美麗香港

約十三歲時，正遇上一九七八年內地改革開放，踏入社會主義市場經濟年代。但聽蓮姐的描述，似乎未正式改革開放前，市場也有些小型交易：「嗰時都可以去市場賣豬換人民幣，可以有多啲收入。」

蓮姐兒時有讀書：「阿媽話就算無錢，賣啲嘢都要換錢畀你哋讀書。」蓮姐哥哥讀至高中畢業，蓮姐和兩個弟弟讀至初中。「係我自己唔讀啫，嗰時思想唔同，覺得讀咁多做乜，出去外面賺錢仲好。」十五、六歲初中畢業後，蓮姐到地盤做雜工，搬大石、建磚屋。

內地七、八十年代，婚姻普遍仍是父母之命，媒妁之言，但蓮姐卻已是自由戀愛。工作時認識初戀男友，後來成為老公，直至現在。

蓮姐說他男友小時候挺坎坷：他爸爸先來港，留下妻兒在鄉。後來爸爸在香港另娶，媽媽又另嫁。他起初跟媽媽同住，舅父又帶他給外祖母照顧，直至十八歲，祖母才接他回家同住。蓮姐第一次聽完，心也覺得很酸，還說大概男友有更多傷心的成長經歷她也不清楚。

拍拖兩年多，蓮姐二十歲，兩口子就結婚了。蓮姐婚後生下一兒兩女，大兒子出生後，她辭去了地盤雜工工作，在家照顧小孩。小孩上學後，蓮姐曾去茶樓和大排檔打工，做樓面、洗碗、切菜。那時一天工作十小時，一個月才賺數百元人民幣。丈夫原本做裝修，九十年代去廣州開食肆，可惜幾個月就倒閉，最後還是重操舊業做裝修。至二〇〇九年，兒女各自結婚生子，她又幫忙照顧孫兒。

見證首次人大釋法　劏房生活多艱

二〇一二年，是蓮姐夫婦的人生轉捩點。她丈夫還有兩個同父同母的妹妹，都已先後跟隨父親來港，惟獨申請來港的政策含糊，致使丈夫一人被留在內地，故他對來港也有情意結。回歸後，儘管一九九九年初，終審法院判處港人在內地所生的子女有居留權，但後來香港政府請求人大釋法[1]，這群子女又喪失居留權。至二〇一一年，政策才終容許在父或母或雙方獲得香港居民身份時，十四歲或以下的「超齡子女」，可申請到港與家人團聚。蓮姐丈夫亦依此政策，二〇一二年申請並獲批來港。

分隔兩地多年，蓮姐丈夫難以融入父親一家。丈夫來港後，認識一位住荃灣的同鄉，開工程公司，丈夫就在同鄉家寄住兼打工，存些錢再租屋。

來港生活一直也是蓮姐丈夫的心願；蓮姐說丈夫也有問自己是否想到香港，她想，丈夫的地盤和裝修工作經驗也算是一門手藝，在香港養活自己應不成問題。蓮姐說當時對香港也十分嚮往，「睇電視

蓮姐與丈夫於八十年代自由戀愛後成婚至今

香港人啲屋企又咁靚喎，望落真係好靚㗎」，到了香港才發現，現實不是那回事。丈夫來港後，租住不到七、八十呎的劏房，蓮姐也有來港探訪短住。「見到間屋，真係覺得我暈喇，連一張床都擺唔落，要鋸短先擺得落！不過都係過幾日，就適應咗喇。」雖然劏房的狹窄環境與以往對香港的想像大相徑庭，蓮姐還是覺得不論丈夫到哪裡，自然要一起。

二〇一六年，年屆五十歲的蓮姐申請來港團聚，丈夫輾轉搬過幾次家，現住在荃灣一個僭建的一樓平台劏房，月租五千多元。「淨係租得起呢啲。要行好多層樓梯嗰啲我都受唔到。㖭家呢度，都住咗四、五年啦。」四年前，他倆開始輪候公屋，暫仍遙遙無期。

「一開始唔慣，不過從來都無諗過要搬返鄉下，都係過幾日，就適應咗喇。」「我適應能力好強㗎，我就諗，咁仲好，（間屋咁細）拖地拖得仲快。」「由細到大，小學中學嗰陣，同學都話我性格好豪邁，即係有咩唔開心都好快會無事嗰種。我係咁㗎，有咩唔開心，咪瞓覺囉，第二朝起身就又無事啦！」為何蓮姐可以凡事也如此樂觀？與成長的經歷有沒有關係？蓮姐也說不出所以然來，只說從小就如此，也許和其母親凡事不計較的待人處事也有關係吧，例如鄰居搬家，她一定會去幫忙。所以和鄰居的關係也很好，再者，蓮姐初來港時，有些同鄉朋友比蓮姐早一兩年來港，也帶蓮姐認識社區，不時相聚，支撐蓮姐度過這段適應期。

由洗碗到清潔工

除了居住環境狹小，另一樣蓮姐沒想過的，是香港的工作時間，竟是如此長。

丈夫多年從事建築、裝修，曾傷及筋腱，吃不消體力工作。蓮姐為減輕丈夫的負擔，一來港也立即工

蓮姐與同鄉鄰居關係和睦

作，曾經做過餐廳洗碗：「做洗碗，洗到我（對）手呀，朝早起身，手指都打唔開，要好用力至可以打開。」當時蓮姐每天由早上十點工作至晚上十點，中間只有落場兩小時可吃飯休息一下。做洗碗約三年，長期洗碗導致手指痹痛勞損，蓮姐惟有辭工。

「轉工，都係做咩都會有職業病，但都無辦法啦，生活需要都無辦法嘅。」

二〇二〇年起，同鄉街坊介紹下，蓮姐任職食環署外判的街道清潔工，直至今，做了三年多。

每天五時多，蓮姐起床自己做早餐吃，出門坐車上班。早上七時在寫字樓打卡，坐公司車到工作崗位，大約七時半就推著手推車開始工作。

蓮姐負責的範圍，要巡視五個垃圾桶，垃圾桶一滿就需要清倒到垃圾站。此外，還要打掃街上的垃圾、煙頭、落葉等，連街上有張貼街招也要清理。「哇，咁多樣嘢，你真係要一眼關七嗰。」「係㗎，要眼觀四面㗎。」除了掃把和手推車，蓮姐工作還要帶上不少「裝備」，街招如果黏得很緊，就要拿刀仔才可刮下來。

日曬雨淋　最怕打風和狗糞

不論滂沱大雨、太陽猛照抑或寒風凜冽，蓮姐也要照常工作；即使有暴雨信號，只有黑色暴雨才可以休息。但黑色暴雨一般只懸掛一、兩小時，甚至不足半小時，不少清潔工根本不會收到消息，也如常開工。蓮姐說夏天工作特別辛苦：「哇，好熱㗎，真係每日都換兩三套衫。」「尤其落雨著雨褸，又焗，裡面唔係雨水呀，係汗水呀，全部濕晒呀。」

蓮姐說最怕最討厭兩樣東西。一是打風，因為打風過後會有大量樹葉、殘枝，大大增加清潔工們的工

蓮姐開工使用的手推車

作；二是養狗主人任由狗隻隨街大便不清理，是硬的也還好，濕的那些，掃走大便後還要用水沖洗。所以手推車上要隨時預備一支四點五公升大支裝的水，開工前去街市洗手間預先裝好水。

近年的夏季越來越炎熱，清潔工是戶外工作，工作時間也很長，主管有沒有告知新推出「工作暑熱警告」[2] 的安排？蓮姐稱主管有提及，每做半小時可坐下休息一會，不過對清潔工而言也不切實際。清潔工獨個兒在街上工作，不會常查看出了什麼工作暑熱警告，而且也不是任何地方都方便休息。「街上，主要喺花槽邊可以坐，但日頭有時都好曬，情願快快手做完一個路段範圍，去商場下面，或者樹下面，或橋底抖耐啲。」不論政府或是外判公司，都沒有安排休息空間給清潔工，日曬雨淋，在什麼地方休息，在什麼地方上廁所或是換衣服，都只可以自己想辦法，「自己執生囉。」蓮姐還說，坐在花槽旁休息時，手上要拿著一支水，顯示正在喝水休

每日蓮姐需要清掃多個路段

息，不然很容易會被其他人投訴偷懶不工作。「都係其他同事咁教我。」

早上，蓮姐打掃街道，把所有垃圾桶清倒一遍，約十一時半，蓮姐會找地方換衣服吃午飯，至十二時半才再繼續工作。下午，蓮姐把早上走過的路回頭走一遍，早上清掃過後又會有新落下的落葉和其他垃圾，要再重新打掃一遍。

「貼錢返工」只為做好份工

理論上，午飯時，或是下班後，大部分食環署外判清潔工用的手推鐵車，都可以放在食環署的垃圾站。但蓮姐工作那個地區，不知為何不能放。而附近有個房署的垃圾站，於是一眾工友便與房署外判清潔公司的科文商量，讓他們把鐵車放在房署的垃圾站內。這種默契存在了多年，但有一天，房署經理忽然說不可以，於是，各工友惟有自己尋找合適

蓮姐的崗位需要清掃街道、清理垃圾桶和街招。

暫存鐵車的地方。蓮姐就找到巴士站有一條小巷，剛好可以暫存鐵車。「我搵嘅地方好靚㗎，之後有接手我呢個工作崗位嘅工友都話真係好，所有工作都安排妥當晒。」

除了存放鐵車靠自己，連工作用具，會花心思如何「做好呢份工」的蓮姐也是精心準備。一次路過私人屋苑公眾地方，她見清潔工用鼓風機清潔，發現有機器協助，把坑渠中的落葉吹出來，就可以打掃得更快捷更乾淨。於是，蓮姐便自行查找，在內地網購網站花三百多元人民幣購買小型的槍型鼓風機，並自己加配充電池，方便每日工作使用，「因為一粒充電池用一、兩個鐘就無電，所以要備定多幾粒充電池。」

鼓風機和充電池都是會損耗、會損壞的工具，所以蓮姐合共自費買過三支槍型的鼓風機和五顆充電池。「每日要再差電，都係你帶返屋企差電嗎？」「係呀，每日自己喺屋企差定晒電。所以我負責打掃嘅地方，包保打掃得好乾淨，掃咗咁多年從來都無人投訴。不過有時用鼓風機，都會有行過嘅人唔鍾意，話吹起晒搞到好大塵，咁我咪同佢講聲唔好意思，咁就無事啦。」

工作至三時許，再找地方換衣服、洗洗臉，等公司派車送他們回葵芳，四時半打卡下班。下班後，蓮姐還要買菜、煮飯。「我每日都喺屋企煮晚飯，好少喺外面食，一個月出街食最多兩、三餐。」丈夫因為之前工作受傷，現已沒有工作，問及丈夫會否也會煮食減輕一下蓮姐的負擔？蓮姐說：「老公唔會煮，叫佢煮飯，佢會話『唔好喇，出去外面食啦！』」蓮姐說，雖然外出吃飯輕鬆些，也就吃不到她喜歡的飯菜了。蓮姐喜歡吃中式菜式，不喜歡西式菜，也不喜歡吃麵，一定要吃飯。「煮飯煲湯，我就鍾意咁。煲湯就一個月都有煲幾次咁啦。」

一身勞損　人手不足放假難

垃圾車除了盛垃圾，盛清潔用的水，還有清潔工自己的私人物品，如飲用水，推著這樣的手推車在繁忙的街道上行走，可以想像一點也不輕鬆。難得蓮姐還可以想像自己的工作，是在用掃把畫出美麗香港。不過這位畫家在畫出美麗香港的同時，卻畫出一身的勞損和痛楚。

「腳痛，兩腳膝頭同腳底，全部都生刺，即係發炎啊。特別打風日子，你都好痛，痛到有時候夜晚都瞓唔著。」除了腳底，膝蓋、手肘也會痛。

工友一般都塗些跌打酒、冬青膏，但蓮姐說只是感覺清涼一點，也不太管用，有時吃止痛藥會好一點。蓮姐也有光顧連鎖藥房：「我都買好多呀呢類（鎮痛）產品，藥啊，膏啊乜都買咗好多啊。無用嗰啲，就抌（dam2，丟棄）咗佢。」我不禁問，這些豈不也要花費很多錢？蓮姐回道也沒辦法：「係呀，但痛住又開唔到工。」

蓮姐還有一樣鎮痛法寶：家鄉的青草貼，貼著也可緩解痛楚。不過每次拿到三、四天假期回鄉，最多只帶回十多劑青草藥貼，不到一個月，大概兩三星期又會用完。

蓮姐說，清潔工長期人手不足，要請長假也不容易。尤其是公眾假期前後，特別難放假，經常只可放一、兩天，沒有放的有薪年假（俗稱大假），之後會補回假期錢。「最多就畀你請多三、四日假，總之由上個月月尾，到下個月月頭，一個月左右嘅時段內，只可以放七日，如果你要放超過七日嘅假期，佢就話會當自動離職啦。」

例如第一次訪問時臨近中秋節，公司雖然有編排替假同事，整個大的清潔區每天理論上最多有二十人可放假，但大概很多人，包括替假同事也需要放假，主管便一早就說整個中秋連「十．一」的數天，她那小區一個人也不可以請假。

港醫錯斷症　回鄉就醫變失業

訪問後兩個月，一天蓮姐腹痛得要命，沒法推鐵車工作，連走路也困難。蓮姐先看中醫，喝了中藥沒好，還是發燒、發冷、流汗，又去急症室。醫生照了X光片，說大概是胃痛，開了藥就把蓮姐打發走，可是蓮姐吃了藥，痛還是沒有減輕。

蓮姐在內地的子女就勸母親回鄉就醫。蓮姐在汕尾醫院照了低解像度的CT斷層掃描，醫生說肝部造影不尋常，轉介蓮姐到廣州醫院再檢查。最後蓮姐驗出肝有囊腫，要立刻做引流手術，留醫二十一天才出院，共計花了十萬多元人民幣。因為只有首四天有香港的病假紙，內地的病假紙不獲承認，其任職的清潔公司就以放假七天以上當作自動離職為由，間接解僱。

蓮姐的女兒也跟母親說，怎麼母親作為香港公民辛勤勞動，卻好像沒法享受相應的醫療福利。蓮姐稱：「都好無奈呀，其實如果唔係醫生診斷唔出，照計香港醫院嘅設備比內地醫院更先進啦。」

現蓮姐肝部雖無大礙，有時仍隱隱作痛，暫打算先休息幾個月。「過咗清明先啦，再諗係咪返工。」

同鄉、同事、街坊——社群中的一員

街道清潔工一般獨自工作，但蓮姐和她在同一小區域的另外三位清潔工感情十分要好。「剛好我哋四個都係同鄉，都係汕尾人，經常一齊食飯，我哋四個算係好親密嗰種。」還在上班時就已每天到酒樓飲茶，因病沒有工作後，仍每週兩天相約同事們一起飲茶。

工作以外，工友們也會相約一起旅行，「心經簡林、天壇大佛、大澳都去過。」蓮姐和我們分享旅遊照片時，發現原來蓮姐也是「手機達人」，會用手機程式剪接短片，加上不同字體、效果，還有配樂，十分厲害。偶爾，蓮姐也會去同鄉家中打麻雀，亦會與內地的子女、孫子孫女視像聯繫。

蓮姐與鄰居的關係也十分要好。訪問期間，剛好有快遞要送到家裡，看著她打一兩通電話，第一通沒人接聽，第二通就找到鄰居幫忙代收快遞了。「呢位係住同一層嘅同鄉，不過就唔係住同一大單位嘅其他劏房街坊啦。都係搬入去，打招呼先知大家係同鄉，咁就熟絡咗，有時煲湯或者有咩好嘢食都會互相分享㗎。」

筆者也問蓮姐，作為清潔工，有沒有什麼想跟其他

蓮姐愛與同鄉或朋友一同參與社區活動，或自組旅行。

讀者分享。有趣的是，蓮姐語重心長的說，「任何人都要努力做好自己份工啦。」

---

1 人大釋法後，港人在內地出生的子女，出生時父或母未成為香港居民的，當時變得不符合獲得居留權的資格。

2 根據二〇二三年五月新推出的工作暑熱警告，清潔工屬於中等勞動，於黃色工作暑熱警告時，可每工作四十五分鐘休息十五分鐘；紅色暑熱警告時，可每三十分鐘休息三十分鐘；黑色工作暑熱警告時，每工作十五分鐘可休息四十五分鐘。《獨媒》曾統計半年數據，由五月十五日至十月十五日暑熱警告共生效七十一次，平均懸掛時間為兩小時，試過一日內重複發出三次警告。在八月二日天文台曾發出酷熱天氣警告近三十五小時，不過勞工處卻無發出暑熱警告。六至八月有四次氣溫達「極端酷熱」，即攝氏三十五度以上，不過更高級別的「紅色」及「黑色」暑熱警告從未被懸掛，七十一次警告全部只是「黃色」。

種田到洗街，鄉下到城市——垃圾幫「邦」主的浮沉歲月

受訪者：阿邦
訪問：張雨湄（車仔）、文倩欣
書寫：張雨湄（車仔）

阿邦憶起過去的威水史，足足說了三個小時說也不完。他說自己記性好，以前的事情總是歷歷在目：幼時放牛打的繩結，做農業生意幫白鴿打的疫苗，一九九七年的那場水災……談起現在的清潔工作，有時有點神傷，但細數洗過的街道，言語間又露出一絲自豪。近來參與的清潔工社群活動，更令他有所感觸。有一次他介紹自己的名字時，還玩「食字」，自稱「垃圾幫邦主」，說完笑個不停。廣州鄉下的小伙子，年近四十才踏足祖父母輩口中的香港。浮沉半生，多少情義在心頭，多少悲喜能放下？

「我的童年是在痛苦中長大」

阿邦成長的地方是廣州市北部花都區的農村。那是一片平原，山少、農田多。一九七五年出生，他是三兄弟之中的二哥。

幼時的阿邦，經歷了中國農村土地集體制的日子。地、糧食、工具，通通是公家的。「嗰陣時大鑊飯嘅時候，一敲鐵鐘，成條村嘅人都聽到，就返去祠堂食飯。」到四五歲的時候，內地改革開放，農村開始「分田到戶」，每戶可以承包「自留地」種田。種田可是苦差，「我細細個就幫手㗎喇！」插秧、犁田、曬穀、摘花生、挖番薯。大人割禾掉下穀種，他撿來餵雞。放學趕回家放牛，牛糞排到田間的引水渠，養成了小魚。阿邦跑去涌裡捉魚，通常沒有收穫，偶爾捉到塘虱、泥鰍、黃鱔算是大豐收。還要擔水，

阿邦分享舊日仍未來港定居，在香港遊玩的照片。

用一條扁擔挑起兩個鐵桶，村裡人都笑他是「麻鷹捉雞」。

阿邦記性好、理科強，至今仍能得意地背出化學元素表。他運動細胞強，那時鉛球能推十一米，即使小學沒有運動場，動動腦筋和朋友把農田割完禾的部分踩平，便能踢足球。小學當過三年班長，可惜受老師的欺壓和體罰而無心向學。說完被老師搧巴掌的不忿，他悠悠嘆息，若非當年對教育感到失望而在中三休學，人生可能有不同走向。

「嗰啲日子係比較艱苦嘅。」常言道吃苦的孩子早成熟，阿邦就是典型的例子。自小幫助家裡打理農務，姑姐生了小孩，也是他幫忙帶，小孩背小孩，「十斤孭八斤。」休學後待業期間，家裡、村裡的大小事，都由他出面調停。

出村記：做生意的天與地

待業期間，政府給阿邦發了一張「待業證」。在農村，沒有人脈、關係，就很難找工作。於是，阿邦開始學做小生意。先學裝修石材，再戰「三高農業」[1]，養乳鴿、養鴨、養魚。一九九七年一場水災洗劫魚塘，他為了止蝕，低價放售白鴿，卻又遇上金融風暴。「收乳鴿嗰啲人話經濟唔得喇，香港啲經濟都冧檔喇，食乳鴿都無錢。」原來當時阿邦養的乳鴿，全都是經育鴿場出口香港。合規格、「夠斤兩」的才運來香港，不合規格的就運去廣州、佛山。

把他從谷底救起來的是「甘竹罐頭廠」，即是我們今天在超市買到的豆豉鯪魚牌子。廠商派人到不同的鎮上收魚，阿邦便開車到魚塘口，把成千上萬斤的新鮮鯪魚秤完後，加冰打包運到檔口，然後按分量分好，待廠房的車來拉走。他試過親自上廠裡交貨，看見一台台機器炸魚、按「斤口」[2]規格分類。如果秤的量有多，就在發泡箱裡把魚存起來。阿邦和他姑丈在鎮上魚檔常常忙到凌晨一、二點，一做就做了三年。

「孤兒仔」的香港羈絆

阿邦爺爺是家中長子，上過「卜卜齋」（私塾），在香港做裁縫。一次回鄉照顧兒子（即阿邦的伯爺），「點知返咗去就無得返轉頭。」國共內戰，大量內地難民逃港，港英政府於一九四九年限制內地居民入境人數，內地政府同時限制出境。邊境無預警落閘，小市民忽然有家歸不得。在阿爺向阿邦的敘述裡，這是內地「封關」，令阿爺後悔不已。

內地經濟不景，阿邦的叔叔一九七八年率先「逃港」，爸爸翌年跟隨，成為抵壘政策下最後一批偷渡者[3]。後來媽媽和弟弟隨爸爸來港，阿邦就變成「孤兒仔」留在鄉下。一九九九年香港終審法院裁

阿邦認為自己努力工作，是幫食環署排難解憂。

定港人內地所生子女擁有居港權，阿邦本以為有望家庭團聚，「畀葉劉淑儀一條（人大）釋法，所有港人嘅超齡子女[4]唔可以落嚟，佢話驚湧太多人入嚟嘛。我話我哋咁後生咁細個十零歲，你都唔畀我哋落嚟，等我哋老咗先畀咩，係嘛？」由於阿邦出生時，爸爸仍未成為香港永久居民，阿邦遂變成港府口中的「超齡子女」，失去家庭團聚資格。

當時全港傳媒幾乎跨黨派一致口徑反對這群港人子女的居港權，在幾乎一面倒的民意支持下，港府首次向全國人大申請釋法，推翻香港終審法院的裁決。釋法後，只有出生時父母已是永久居民的子女才擁有居港權。經過民間團體多年爭取，內地自二〇一一年起容許「超齡」子女申請單程證來港。阿爸早年以生命為賭注換得的一張身份證，終於讓已踏入中年的阿邦取得來港的資格。

雖然獲得資格申請來港，阿邦卻掙扎再三：「要重新適應呢個環境，一個人都唔識落到嚟。又唔知有咩啱自己做，因為我哋唔知香港有咁多職業㗎嘛。一竅不通全部靠自己。」阿邦那時有兩個兒子，年紀開始大，在內地還是難找工作，戶籍又遷出了城市不能回鄉下耕田，「好似香港地講嘅邊緣人囉。」適逢小兒子轉校，要交數萬元的「贊助費」[5]，阿邦弟弟勸他「不如來香港吧」，於是二〇一七年阿邦一家移居香港。

昔日的地盤風光和血汗

來到香港，有種「由天跌落嚟嘅感覺」，以前自己做生意，「未打過工，唔多識做嘢」，突然要打工，有種不習慣，好像人生要從頭來過。

經人介紹做地盤，阿邦專攻電燈，做燈喉、燈箱，走電線、做線槽。不怕吃虧，「一腳踢咩都做。」有一次他把四米長的鐵槽切開四條，用繩子串起來，綁在一條鐵通兩頭，像小時候挑水一樣擔鐵，一上肩膀整個人都沉下去了。別的工人看不過去，要他馬上放下來用升降機，阿邦說若果開升降機，公司要給錢，他便走了三四層樓梯把鐵運上去。他笑說：「係咪好戇居？」後來才知道香港工作文化有三句：「多做多錯，少做少錯，唔做唔錯！」「咁都得嘅？」對於做事負責任的阿邦，可謂是一種「文化衝擊」。「我呢啲性格叫做付出真我，比較負責任啲啲囉……收得人人工就做到最好。」

做過海洋公園萬豪酒店的地盤超過一年，再調到黃竹坑做了一段時間，老闆突然解約卻沒給通知期，也沒賠代通知金。七天後阿邦上勞工署投訴，最後和解拿回三日薪水。隨後轉去九龍灣的樓盤，阿邦已由徒弟升至中工，可以獨立工作，每日收入八百五十元。那時他跟一位師傅叫「順哥」，是他到香港以來遇過少數的好人。順哥不像其他師傅般一味呼喝他，就算做錯事，也不會破口大罵，互相照

阿邦二十出頭時來港探親曾到海洋公園遊玩，怎料自己日後會以另一身份到園區工作。

應。阿邦亦做得賣力，幫師傅扶梯、鑿牆、割鐵。一起在地牢做工，不見天日、密不透風，立下了一年半的師徒情誼。

本打算繼續晉升到師傅，但行業萎縮，阿邦和順哥都被革職。阿邦想過回酒店地盤，但他心裡清楚，自己曾告過這個老闆，今後都不會聘請自己。順哥去了大埔郊區繼續做地盤，阿邦沒有跟：「我落嚟香港一個月就開始做工，都唔知咩地方，邊去得咁遠。」當時有人介紹他做清潔，磨地、洗地，每個月薪酬一萬三千元，朝七晚五。「我可以生存到就得喇，咪轉咗呢份工囉。」

做清潔的尊嚴

「洗地，洗街，行人道啲街，淋一啲梘水，如果有青苔、狗屎，嗰啲嘔吐物，盡量消一消嗰啲味道，放一啲漂白水稀釋。」二人拍檔，一個人推「磨」，即是一塊銀色的圓形轉盤，四個輪子，兩條鐵桿作手柄，其中一個手柄上有開關，啟動後轉盤下的毛掃就開始磨地和放水。另一人先用水瓢灑肥皂水，拍檔推磨的時候拉水喉，避免喉卡住或阻礙行人，磨完地後沖水，有頑固污漬時還要用水槍打走。還有一位開水車的司機，負責載工人到不同街道清潔。

剛開始做這份工作的時候，阿邦的拍檔多數是老人家，由於不想讓他們太辛苦，苦差都由他包辦，「結果做到自己散晒。」還被佔便宜：上頭安插親戚來做他拍檔，基本上是阿邦一人工作。發現了這點後，阿邦開工做好份內事之後，也不會多幹了，磨完地就站著，換人做。「我揸住個磨，要磨咁長嘅馬路，要出好多力㗎，又要做得準確，你話我要嘥幾多力。」太陽大要戴草帽，「好似耕田」；下雨打雷閃電也要穿雨衣繼續做。阿邦向幫辦（衛生督察）反映，「阿 sir 我好危險㗎，我攞住咁多鐵，個雷對我唔好劈落嚟劈死我，我好驚㗎，屋企得我一個（賺錢）……你要講清楚，死咗賠幾多錢先，你唔講清楚，小朋友點生存啊？仔有仔死呀，家散人亡啊到時。」

那時阿邦早上在石塘咀洗街，晚上在士美菲路做替工，倒垃圾桶、清理街招，還做過站長，操作垃圾斗升降和壓縮垃圾。「開始嗰時候唔習慣㗎，我個拍檔（林叔）驚我做唔落，親自過嚟幫我。因為我放唔低嗰種心態，你明唔明啊？以前唔駛做嘢嘅，宜家落咗嚟做，好似乞衣咁走去倒垃圾桶嗰，當時個心態係要慢慢調整。」「放唔低自己嘅尊嚴。」思想鬥爭得緊要，覺得自己真係連塵埃都不如，卑微到……一個後生仔四十歲出頭做埋晒啲咁嘅嘢。」在內地做生意的日子已當成過去式，告一段落，養妻活兒是他唯一的動力，平復內心的爭鬥：「宜家落到嚟，要負責兩個小朋友，你必須要咁做，克服自己嘅心理……有時個人，真係好似要爆發啲脾氣咁㗎，都係夾硬要撳住自己。」

阿邦與拍檔二人合作輪流交替工作

阿邦憶述當日獨自一人坐在中山公園門口待救護車送院搶救「糖尿腳」

阿邦中午時會在中山公園車路旁通道拉筋半小時，指這裡是他在香港的第二個家。

「所以我真係好感謝林叔，林叔驚我放唔低嗰種尊嚴，佢走過嚟，『得㗎喇咁就得㗎喇。』佢話，『唔怕嘅做啦。仔細老婆嫩，做啦。』」除了工友間的扶持，街坊的善舉也幫助阿邦跨越心理關口。疫情期間有一次收垃圾，一位街坊送口罩給他，雖數量不多，卻如雪中送炭，讓他感受到「職業無分貴賤」。

天意弄人，阿邦剛入職不久，腳感染了金黃葡萄球菌，去醫院檢查發現是「糖尿腳」，急需打胰島素降血糖。可是他正申請更換永久性居民身份證，當時入境處受疫情影響，延誤了換領的時間，有一段日子連「行街紙」（臨時身份證）也沒有。醫院不接受逾期的身份證，需收取每天五千元留院費。阿邦沒這筆大金額即時留院，錯過治療的黃金期，令病情惡化。他這才知道，不管自己在香港生活多少年，一天未更換永久性居民身份證，這裡都不當他是香港人。自此阿邦就走得不太好，士美非路垃圾站不再請他做替工，他直言因為糖尿腳而令所有的夢想和理想破滅。

二〇二〇年阿邦和另一清潔公司簽約，洗中環西約[6]的街道。遇到香口膠一類頑固的垃圾，要用一支裝有彈弓的噴槍，「成個中環碼頭啲香口膠都係我打晒㗎！」上一份合約結束，阿邦轉去現在的公司已接近兩年。每星期的日程都牢記於心：早上六點半開工，先去租庇利街，近恒生銀行總行。尚未到上班族回公司的繁忙時間，街上多的是像阿邦一樣的清潔工。再洗鐵行里，九點後便上羅便臣道「入水」，然後再到皇后大道中（皇中）。十一點半放飯，阿邦在社區中心的拉筋班學得一些拉筋技巧，午飯時間就依著欄杆拉腳筋。下午繼續洗皇中，一直洗到近荷里活華庭。三點來到永安中心附近洗干諾道中，五點回民吉街垃圾站收工。

阿邦洗地的時候很安靜，沖水沖得仔細，石屎路的縫隙、磚與磚之間的煙頭或紙屑，水喉經過之處通

阿邦仔細地清洗路面角落

通清理乾淨。路過的行人怕衣物被沾污，大多比較嫌棄，阿邦或拍檔會豎起帆布膠板，留位置讓行人通過。可惜趕路的行人多數沒有好態度，特別是在巴士站等車的人。被罵是常事，被推撞也時有發生。阿邦把工作放前頭，情緒一一自己承受，「我都係做嘢啫，唔做會畀食環鬧㗎。」有時沖出來的污水濺過路邊的車門，阿邦會用清水把車沖洗乾淨，但也不是人人都體諒，有車主甚至會罵他用水弄髒自己的車。有時早上剛洗乾淨，下午便收到投訴說街上有鳥屎，因此還得每次洗完地後照相作實。阿邦自認工作認真，「打到自己成頭沙成頭水，有時仲要拎水喉當街洗頭，你話有無人試過啊？」人來人往的街道和沒人清理的坑渠他洗得最乾淨，獲得幫辦稱讚。「我幫食環署排憂解難啊！」

二〇一九年入職，由最初月入一萬三，到現在一萬七，「（加薪）好微㗎，都追唔上通脹。」阿邦住薄扶林村的鐵皮屋，一家四口住不到二百呎，月租七千。他說做清潔工好的就是作息正常，以前在內地生活時間較自由，反倒生活習慣不健康。現在每天下班後買菜做飯，二十年如一日。一份人工養四口人，阿邦當然也會精打細算，「我買餸好慳㗎！」家裡微波爐壞了也不捨得修，改用鍋蒸。因血糖高，餸菜以清淡蒸煮為主，或炒齋，翠玉瓜、西蘭花等蔬菜分開炒。阿邦工作很多時因不夠人手要加班，很少放假，即使放假也很少出門，認為「到處楊梅一樣花」。同時也想好好休息，渴望有自己的私人時間和空間。

阿邦最寶貝的兩個兒子，現在一個讀大專，一個讀中五。最近小兒子參加學校的海外遊學活動，他還放心不下，千叮萬囑只能去安全的國家。笑他「黐身」不肯放手，他說「養兒一百歲，長憂九十九」。爸爸臨終前跟他說過「畀心機養大個仔」，他一直記住，希望實現爸爸的遺願而拼命工作。「所以一般我都唔諗去邊度玩，唔放假咪照做囉。」待兩個

阿邦下班後會搭電車到正街買菜

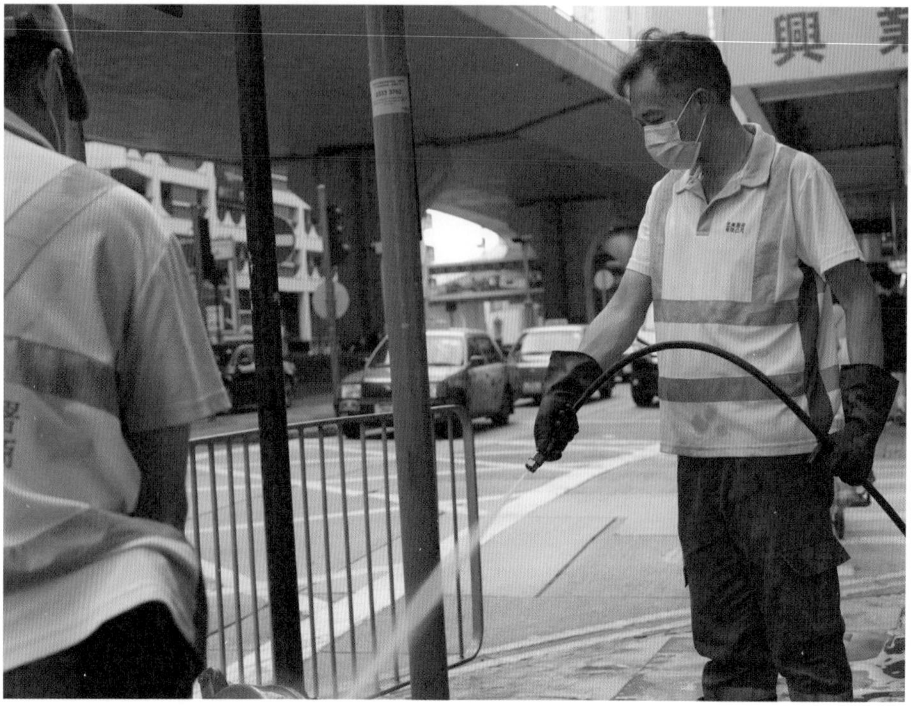

阿邦工作時示範給年資較小的拍檔

兒子都出來工作可以養活自己呢？「我咪返鄉下囉。」「香港始終逼狹嘛，大陸窮但地方大。」

居港權事件、醫院拒絕當他是香港人等等的事情，讓他總感到香港不歡迎他：「香港人歧視嘅眼光……唔得㗎，成日畀人恰。」「所以你話我對香港嘅感情係點啊。」不過，在第一次訪談之後數月，阿邦參與了一些社區活動，令他對香港這個地方有所改觀。

友伴：班長與師徒

現時阿邦的崗位上，有位新人入職，阿邦把他當作徒弟般教導。做清潔這一行沒有師徒制，像阿邦初入職遇上林叔的循循善誘，是種幸運。阿邦現在當新人是自己徒弟，希望傳承工作方法。

不過無論用什麼工作方式，磨地的工作仍是辛勞，工作多缺乏休息，勞損也是常事，像阿邦就患了五十肩。初時雙臂離開身側不能超過四十五度角，接受了二十五次針灸，才能稍為抬高。後來，社工介紹他去社區中心的伸展運動班，堅持一段時間後，阿邦很高興兩隻手的康復有成效。「成日以為擔高隻手痛，痛就唔郁得㗎喎，原來痛先至會康復㗎喎！」阿邦最初參加拉筋班，是最勤力的同學，每次都會出席。半年後，便開始協助新同學，指正他們的姿勢，仔細講解不同的拉筋方式對哪塊肌肉有用處。最近半年，老師開始少來，轉由阿邦這個大師兄來負責教其他工友拉筋。

連被阿邦形容為「在香港唯一的朋友」的順哥，也來了拉筋班學習。在地盤認識的師傅順哥，後來丟了地盤工作，阿邦帶他入行一起洗街。順哥會開車，故現在轉職巡邏車司機，負責開車載管工巡視工友工作。

拉筋過後渾身濕透，但仍感到滿足的阿邦。

受糖尿病手術影響，一度未能活動自如的腳掌在參與伸展運動班後開始好轉。

「佢又做返師傅，我又做返徒弟。」有時，阿邦還會去香港仔避風塘看「師傅」釣魚，有時能釣到石斑，有時空手而回……

有次聚會，阿邦講起糖尿腳被延遲就醫的經驗，痛入心肺的記憶讓他講到眼濕濕，拉筋班的工友齊齊鼓勵、安慰他，讓他感動落淚，更憑歌寄意，工友也齊齊讚他唱得好。

最近，社工邀請阿邦與城大一些社工學生分享，阿邦分享道：「宜家接觸嘅人多咗，個膽大啲，初時總係覺得人哋睇唔起自己，只會自己同自己玩，宜家就覺得個個都係咁高咁大咁精。宜家係有開朗咗，大家一班人，男男女女，不同年紀，一齊傾吓講吓，有時食餐飯，覺得香港都係有返少少人情味，唔係全部都壞心腸。」阿邦笑說自己的心態調整為「環境應激」，即適應了環境後，更能融入社會，算是挨得過去。

洗完地，阿邦說他的「降龍十八掌」又打完了，準備回垃圾站打卡下班。那天買菜煮的是蘿蔔燜排骨。

「日子難過也要過，就係咁囉。」

---

1 中國內地指高產、高質、高經濟效益的農產品。

2 對口斤即是兩條為一斤，不足五口斤即是不符規格。

3 五六十年代，由於政治動盪，大量內地民眾南逃至香港，港英政府於一九七四年實施「抵壘政策」，只要能抵達市區，便可獲得居留權。此政策於一九八〇年取消。

4 父或母於二〇〇一年十一月一日或之前首次獲得香港身份證時未滿十四歲的內地居民。

5 內地學校的不成文規定，以「贊助金」為名，讓當地沒有戶籍的小孩換取入學資格。

6 以畢打街為界，往東（中環方向）為東約，往西（上環方向）為西約。

參考資料

- 〈社聯政策報：移民政策與社會發展〉，二〇一四年三月第十六期，頁三，https://www.hkcss.org.hk/upload/pra/PB16_final.pdf
- 〈港人內地子女居留權大事表〉，https://right-of-abode.tripod.com/events
- 〈立法會十二題：香港居民在內地「超齡子女」透過單程證來港定居〉，https://www.info.gov.hk/gia/general/201812/12/P2018121200640.htm

第三章

時代巨輪的轉型
清潔工友的職涯

穿綜女工拍住上，工廈廁所單拖做——娣姐的勞碌人生

由巴士車長到公廁站長——最鍾意移動風景的蔡國

溫情山寨廠與無情外判——關注社區的文姐

行駛與等待，接載與守護——國哥的車上人生

穿綜女工拍住上，工廈廁所單拖做——娣姐的勞碌人生

受訪者：娣姐

訪問：張善怡、葉子青

書寫：張善怡

與清潔工娣姐初次見面，在某工廈的一個女廁。女廁中擺放了一張摺枱、椅子，配有風扇，牆上掛了娣姐自選的掛畫，還有一大棵自種盆栽。女廁其中一格就用作娣姐的儲物室。一走進去，與一般女廁的感覺不同，倒有些許家居小客廳的感覺。七十三歲的娣姐，雖個子矮小，但一開口語氣卻是豪邁爽朗：「你哋有乜想問就即管問啦！」

娣姐與她打理的工作空間

德貞小學五年級的舊照，攝於一九六五年（右一為娣姐）。

蔥炒鹽撈粥食到怕　被偷渡來港

娣姐一九五〇年在深圳寶安出生，她媽媽是童養媳，十六歲結婚，二十九歲才生下娣姐。媽媽和爸爸一家關係不好，且爸爸在結婚前已大多時間在香港工作。「根本一直未見過老豆」，大約五歲時，媽媽認識了一個從馬來西亞回國的華僑，帶同娣姐到香港找爸爸辦離婚手續再改嫁，當天娣姐才第一次見爸爸。

媽媽再婚，誕下一弟兩妹，弟弟比娣姐少六歲，「我當時六歲就要幫手帶細佬。」

一九四九年中華人民共和國成立，最初娣姐一家尚有飽飯吃，約五歲後，改為每家配給制[1]，每天每人只有三両米，平常只能吃蒸飯，沒餸菜，偶爾種菜有收成才有菜吃。「最多係食醃鹹菜，先前醃低嘅鹹菜就當餸食喇。」娣姐憶述，有時飯也沒得吃，只能用蔥炒鹽再撈粥一起吃：「當時食到嘔呀！所以到啲家我都唔敢再食蔥炒鹽撈粥！」

娣姐在鄉間也有讀書：「當時讀小學，一班有二十人咁上下，唔同村啲人都會嚟。全日制，午飯就返自己屋企先，要唔要畀學費就唔記得，只記得當年都讀到四年班。」

一九六二年五月，娣姐十一歲，媽媽因為鄉間生活艱難，就安排她偷渡到香港。「鄉下食都無得食，阿媽話落香港，都無得話唔落啦。」「都無話捨唔捨得，咁阿媽一路都忙種田，又改嫁，都無乜時間理我，我仲要照顧細佬細妹，反而細個時阿嫲仲照顧得我多，後來阿嫲就早過我落咗香港先。」

「當時大伯要畀一百二十蚊蛇頭，有辦邊防紙，算半偷渡，即大陸嗰邊可以放你走，但香港呢邊唔畀入要偷渡。」蛇頭安排下，同鄉一位關係很疏的阿伯帶著娣姐和同鄉另外數人，一同坐小艇先在東平洲上岸停留一星期，蛇頭再安排艇戶船載她們到馬料水碼頭，幸運地兩程船都沒有被截查發現。蛇頭打電話告知大伯泊岸時間，大伯在馬料水碼頭交一百二十元贖金給蛇頭接娣姐，娣姐就正式投靠人伯一家。

如此一別，娣姐便和母親兩地分隔。抵壘政策落實前，一位偷渡者在香港和內地之間沒有正式出入境的渠道，娣姐也一直沒有回鄉，再回鄉已是十七年後：「當時聽朋友講，鄉下啲人唔夠嘢食，乜都無，見其他人都返鄉下，自己覺得唔忍心，就一九七九年時搞咗回鄉證回港證，帶啲衫呀，拖熟咗嘅五花腩呀咁返去一轉。當時連阿媽個樣都唔認得，阿媽同伯娘一齊喺深圳接我，阿媽又啱啱行開咗，我仲認錯咗伯娘做阿媽。當時大家就笑餐懵囉，都無計呀，走嗰時都係得十歲。」

上：畢業十九年後首次小學同學聚會的相片，攝於一九八六年（第二行左三為娣姐）。
下：左一為娣姐

「可以讀到小學畢業已經好難得」

來港後，娣姐和大伯一家，包括阿嫲、大伯、伯娘、阿叔、弟弟和堂弟，住在城門水塘附近的寮屋和宜合村。娣姐還有一位同父異母，比娣姐小六歲的弟弟，弟弟出世不久父親就去世，也是由大伯養大，加上伯娘誕下的堂弟，一家七口在城門水塘旁靠種菜養豬為生。

娣姐在大窩口的德貞小學，由小三讀起，至一九六七年小學畢業。「當時一朝早要幫手淋完水，再行半個鐘有多嘅山路去返學。」「大伯都好錫我，真係當我好似佢個女，仲會帶我去『九咪半』、『十一咪半』[2]游水。」娣姐當年原本可升讀德貞中學，大伯也支持她繼續讀，但伯娘不支持，聽其他親戚轉述，伯娘說她始終會是外嫁女，不用讀那麼多書，就沒讓她繼續升學。娣姐現時仍有和小學同學定期聚會。「大家都話，其實嗰個年代女仔可以讀到小學畢業已經好難得喇。」

「無人敢得罪」的穿綜工

畢業後，娣姐最初在家幫忙種田養豬，擔水、淋水、割菜等，「做呢啲好辛苦㗎！」阿娣一邊種菜，也一邊外接繡珠仔袋的工作：「將好細粒嘅珠仔按圖案繡落塊布，之後工廠再將啲布車上袋。」每繡一個袋可賺幾元，「一個袋都要繡好幾日！」當年買一斤米才只需幾毫子，一蚊兩毫已可以買大約四斤米了。

「阿嫲都覺得我好辛苦，後來就出嚟打工喇。」在家工作約一年，約十八歲的娣姐開始外出打工。

第一份工是同學介紹，在拉鏈廠工作，做「拉鏈頭」，為拉鏈頭打頂。人工以件薪計，每天工作約十小時，有時加班，也是以件數算人工，每月月薪大約二百四十元。

「穿綜」工序，圖左手執穿綜鉤為娣姐，負責上手工作。

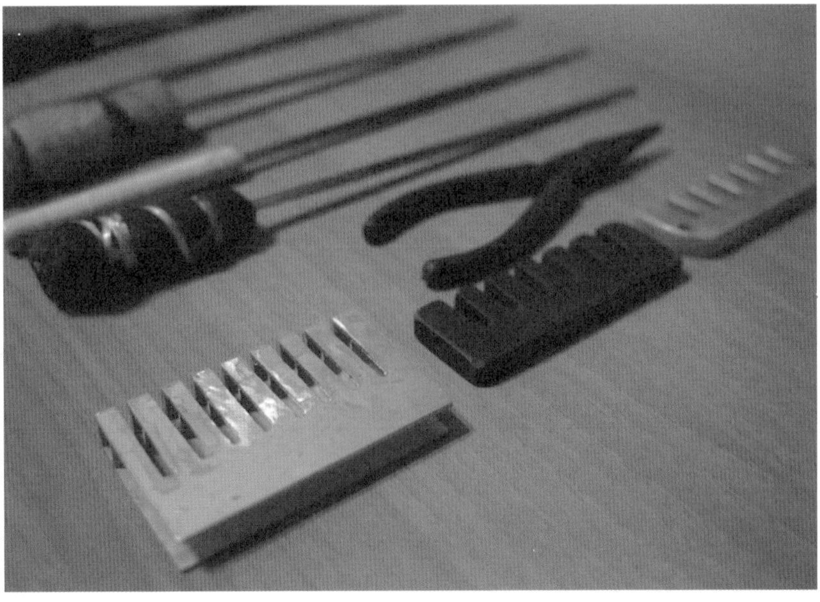

娣姐把穿綜時的「搵食」工具收藏多年

娣姐在拉鏈廠只工作了數個月，就認識到在同一工廠做碼布[3]的男友，約十八歲就奉子成婚。結婚後，一九六九年，為了賺取更高人工，她就轉去荃灣十分有名的南海紡織廠學師，三個月滿師。娣姐的工作崗位是「穿綜」，是紡織業預備材料的步驟，娣姐形容此崗位在紡織工序中極關鍵，缺了這備料工序，整個工廠其他工序都要停工。「我哋穿綜等如係布辦起皮，你無咗個辦點上機織呢？當時我哋係皇帝女唔憂嫁，無人敢得罪我哋。」此工作同樣以件工算，每日賺八至十元，一個月也可以賺近三百元[4]，但就要很勤力，完全不放假。

娣姐婚後和先生搬到荃灣咸田街板間房居住，後來板間房太小，又輾轉在葵涌區搬過數次家。由女兒出生起申請公屋，輪候十二年後，才被派到葵涌邨。

生下女兒後，娣姐一直未有停止工作。女兒出世後，娣姐每天一早送女兒到日間保姆家；至一九七二年兒子出世，保姆無法同時照顧兩名孩子，兒子四十日大就送到大窩口日間託兒所，三歲的女兒則交同樣家住葵涌區的奶奶照顧，娣姐下班才接回兒女。娣姐形容當時的生活累得不得了，雖然她和丈夫都外出工作，但家中所有照顧孩子及大小家務都是娣姐負責，捱至體重只有七十多磅。「好瘦呀嗰時，成條柴咁。」「所有家務都係我做，佢返到屋企就乜都唔做，乜都唔幫。」「咁佢又經常賭錢，我想唔出去做嘢都唔得啦。」

娣姐與子女的合照

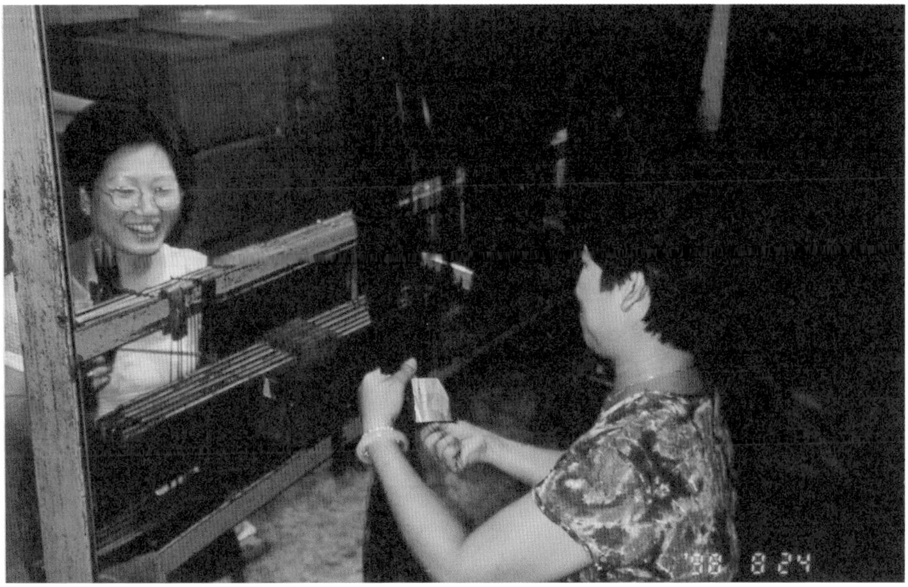

娣姐與「穿綜」拍檔的舊照

娣姐與內地女工遊玩時的合照（圖中為娣姐）。

工廠北移潮中仍做不停手

內地改革開放，紡織工廠北移，不少紡織業工人失去生計。然而，娣姐憑著引以為傲的「穿綜」技藝，生計卻毫不受損。

工廠北移初期，一九八四年起，娣姐和先生曾有數年偶爾去惠州、東莞、湛江、廣州等地工作。娣姐做師傅教內地工人，每次逗留約一個半月至兩個月；娣姐先生就做領班，逗留的時間更長一些。反正她北上時，兒子也剛升中，算是可自己照顧自己。

娣姐經常會請工廠的女工們看電影、逛街、吃東西等，賺到的錢不想只自己花，也想和他人分享。問及會否在內地不用兼顧家務，反而算是人生中有最多閒暇的時間？娣姐說：「都係呀。放假就去旅行，再唔係就帶女工們食嘢，所以唔會儲到錢，搵到都洗晒，不過都無所謂，反正生活過得去就得啦。」

其後回港，雖然香港工廠訂單數量不復以前，娣姐也只是由以往只在一間工廠工作，改為要周圍跑，哪間工廠有訂單就去哪裡工作。

「穿綜」這崗位必須兩人一組，又以件工計薪，「所以你一定要搵合乎你工作節奏，手腳快嘅先可以做拍檔。仲要大家相處得來，唔會成日互相頂頸。」娣姐說，數十年「穿綜」工生涯，斷斷續續換過很多不同拍檔，其中最長一位，達十八年之久。

遇上不同工廠撞期同時要人，娣姐和她那老拍檔會短暫拆夥，各自找另一位經驗較淺的工人一同趕工。「當時就打開電話簿，逐個逐個打電話搵人開工。有一次試過打四個鐘頭電話都搵唔到一個人，自己孭住一大堆訂單唔知點算。惟有自己同時去兩間工廠開工，做到晚上十二點仲要繼續工作。」「數紗真係數到每個人都大近視，好多人嘅手都會出問題。我已算唔太嚴重，但都覺得手發唔到力，手指成日無力。」

即使八十年代香港紡織業式微，娣姐每月薪金仍有七、八千元。「一直有人搵我開工，因為你手工好，工廠知道唔駛打回頭重做，自然會再搵你。」直至二〇〇八年香港所有工廠全面停工，娣姐才被迫轉業，完結了她四十多年的穿綜工生涯。

轉職工廈清潔　一做十數年

至二〇〇八年，工廠全面停工，娣姐說也早有心理準備要轉職，但結束「穿綜」生涯始終十分不捨，作為工廠女工的手藝與自豪伴隨工廠北移而慢慢消逝，娣姐也只好另謀生計。娣姐以「Gap Year」形容當時停下來的那一年：「抖下先囉，當學吓嘢咋嘛。」娣姐讀了再培訓局的家務助理及陪月課程，但之後都沒有做。這是為何？有關家務助理的工作，她聽以前的工友說，很多僱主對家務助理工作

在工廈工作需處理大量工業雜物和紙皮

表現十分「醃尖」，部分家居的衛生狀況又很差。至於陪月，往往需要二十四小時留宿，無法兼顧自己的家庭。娣姐又回憶自己孫兒出世後洗澡時，嬰兒雖然個子小小，但腳用力一踢，就由娣姐手中瞬間滑到洗澡盆裡去，娣姐當時也嚇了一嚇。加上多年工廠生涯，娣姐亦有勞損，手指乏力，生怕照顧其他初生嬰兒會出什麼閃失，遂打消做陪月的念頭。

朋友介紹下，二〇〇九年她開始在葵興某工廈做清潔工，當時娣姐才五十九歲，月薪四千二百元。

娣姐之前做了數十年需要拍檔的工作，對有拍檔也有些厭倦，始終跟人相處要有很多互相遷就，而這份工作不用和其他人拍檔，就剛剛好。「最初工作咗半年都唔想做，因工廈翻新之前好舊，連掃把都

工作需要處理垃圾、樓層和廁所清理。

掃到周圍都係塵。但再諗，呢份工作難得唔駛有拍檔，就繼續做啦。」一做就做了十四年，娣姐亦已七十三歲了。

娣姐還說，這份工只在工廈內做清潔，不用在街道上拋頭露面，也是她願意繼續做的原因。因為一開始轉職清潔，內心有 點自卑心態，不想被其他穿綜的舊同事看到；但過一陣子，發現不少以前的舊同事也投身了清潔行業，只是清潔的工作場域不同，例如在醫院之類，遂也放下了自卑心態，沒再擔心被看不起了。

巧妙編排工作　贏得商戶肯定

娣姐的工作要包辦八層工廈的所有清潔事務，除了工廈樓層的大堂、五條後樓梯範圍所有扶手都要打掃清潔外，最主要的工作就是清潔廁所。「每層八個廁所，四個翼每個翼有男女廁各一，每日要清潔六十四個廁所，一百九十幾個廁兜。」又因工廈業主立案法團不想業戶擅自在廁所自行取水，會把水龍頭拆去，娣姐每次清潔也要把水龍頭安裝上再駁

娣姐會主動裝飾佈置自己的工作及休息空間

喉管用，費時費力之餘，手腕亦有勞損。

娣姐原本正式開工時間是早上七時，但她每天早上六時十五分就會提早到，開始洗某些樓層的廁所。「好多職員八點開工，開工前可能七點已買早餐返嚟食，一返嚟就有機會要用廁所。我洗廁所，每個廁所一洗就約二十分鐘，遇上有人用，又要先去其他樓層洗，上落走來走去都麻煩。所以我情願提早返嚟打掃，就大家都更舒服喇。」

娣姐也會靈活安排工作，有些不太容易再次弄髒的地方，如後樓梯某些扶手，清潔工作不用每日做，可以每星期或每兩星期做一次。又例如洗尿兜也有技巧，用水喉和地拖清潔，就更方便省力一些，也可清掃得更乾淨。

娣姐兒女跟她說，現時家庭沒太大經濟壓力，娣姐大可退休了。倒是娣姐在工廈工作了十四年，和這

拍攝當日娣姐需處理額外的垃圾，遂尋求相熟同事的協助。

幢工廈商戶很多職員都是相熟友好，捨不得離開這份工作。「有啲客把口好衰，我話我唔做，佢哋就話我唔做佢哋就死喇。我知佢哋意思就係唔想我唔做啦。」「呢度啲客都好似自己人，見到你都打招呼講聲阿姐，好尊重我，唔會因為我做清潔而睇我唔起。」「有時天氣熱，佢哋都會叫我入佢哋辦公室休息涼吓冷氣。我會話，冷氣凍病咗我就開唔到工。」

亦曾有前同事介紹娣姐去荃灣另一工廈做「大家姐」（即清潔管工），娣姐說一來不想要管其他人，二來去另一地方，就要放棄多年來和商戶間已累積的關係情誼：「人工可能多兩三千，但同啲客建立咗咁多年嘅關係就無咗，啲客有嘢唔要會特登畀我，計落條數都分分鐘仲多過佢啦。」「大家啲關係真係好好。所以未退休，都有啲唔捨得佢哋。」

退休年齡變「自僱」 同事合力爭加薪

娣姐初入職時也有供強積金，到六十五歲退休年齡，公司就改以「假自僱」[5]形式聘用，時薪五十多元。雖然每星期工作六天，每天工作九小時（其中一小時是無薪飯鐘），與全職員工沒分別，但她卻什麼僱員保障都沒有。沒有年假，娣姐說她已好幾年沒放過長假，只是最近才終於申請了假期，準備去台灣數天，探望已移居台灣的女兒一家。由於公司沒有買勞工保險，娣姐唯有自己去買了一份意外保險，想說萬一發生意外也有一點保障：「不過意外保也只保到七十五歲，到時候就唔做算啦。」

還有一段爭取加薪小插曲。數年前，同一工廈的清潔工發現，原本工作的員工日薪只有四百元，新聘請的員工卻有四百二十元，於是大家便集體要求要與新聘請員工看齊，聲言會集體罷工，最後亦成功爭取每日加二十元。

娣姐與社工的相處

每有新員工加入，「大家姐」也會請娣姐教一下新員工，娣姐說：「唔好話教，人哋未必想學就無意思。」但實際上娣姐十分照顧新入職員工需要，例如假如原有崗位的員工把一些清潔用具丟棄了，或是剩下的水喉喉管長度不足以清潔廁所，娣姐也會協力張羅，找來清潔用具或協助駁長喉管，方便新員工工作。「有乜唔明，佢問都會話佢知啦。」娣姐熱心助人亦不求回報，「有人教完佢，話買嘢畀我，我話佢都黐線嘅。」

工作以外：兒孫照顧者兼隱藏組織者

娣姐現時雖獨居，但兒子、媳婦和讀初中的孫子就住在樓上另一單位，會一同吃晚飯。娣姐每天下班後都會買菜煮飯，可說從早忙到晚。「真係好似打兩份工，不過我呢一輩嘅都習慣咗咁樣。」

她也給我們分享其讀初中的孫兒的相片，說孫兒吹奏長號，是中學交響樂隊的成員。之前一次他就讀的中學辦音樂會，只可邀請二人去，孫兒就邀了娣姐到校觀賞，娣姐也趁機拍下了孫兒的照片。「佢哋家已唔鍾意影相喇，所以呢張，都係趁佢表演先有機會影低啦。」

雖然娣姐說近年喜歡單拖工作，省去以往與拍檔要互相遷就的麻煩，但始終年月相處累積，與過去的工作伙伴還是建立起深厚情誼。娣姐與以前工作的工友、拍檔仍保持聯繫，每星期也會相約一起飲茶，一起去旅行。就連去台灣旅行探望女兒，也是與其中一位以前的工友朋友同行：「咁話晒佢都睇住我個女大。」「都真係好似親姊妹咁。」

或許年幼被迫獨立，培養出娣姐獨立自主的性格。雖然娣姐說話直爽，有時也會伴以嘲諷的語氣，但同時她也待人以誠，所以在工友間，也扮演著團結工人的角色。除了工作上關顧其他人的需要，也會主動與其他工友分享一些社區活動資訊。例如社區機構為清潔工辦了個伸展運動班，她自己身體力行上了一年多，還會自己在家堅持練習，發現身體柔軟度高了不少後，便主動邀請其他工友一起參加。「咁呢啲真係對大家身體好吖嘛，點解唔去啫。」

事實上，曾有工廈清潔工因被娣姐拉著參與不同活動，與其他人開始熟稔起來。娣姐嘗試把對身體有益的活動推介予其他工人，令大家受益和更團結。這麼說來，娣姐還真是在工作間團結工友的人。不過，也有因照顧家庭的重擔而無法參與的工友，會遭娣姐微言：「咁我都安排到時間啦，點解你安排唔到呢？」一起訪問的相熟社工反問：「咁點解呢？」娣姐一一羅列不同工友的限制：「呢個就要打三份工，搵錢畀仔同新抱用，有多就寄返鄉下；嗰個就要返屋企湊孫；全部都無留時間畀自己。」

原來娣姐並非不瞭解其他工友的處境，而是瞭解過後對他人的選擇感到不解或可惜：「去到我哋呢個年紀，點都要照顧返自己身體先得，始終錢係帶唔入棺材㗎。」問及如何理解其他工友的選擇，娣姐嘆了口氣：「覺得佢哋唔明囉，不過無計啦，佢哋覺得其他嘢重要啲，你講得多都嘥氣啦，講多兩次我都放棄喇。」

在團結工友的角色上，娣姐有熱誠和肯嘗試，但總會遇到氣餒的時刻，相熟社工回應：「或者接納人哋嘅限制更能令對方感受到尊重同團結呢？」娣姐就比較悲觀：「個人有執念，變唔到。啲人習慣咗要搵錢，習慣咗要照顧人。」

社工和娣姐的觀察和見解，誰是誰非？也許不是最重要，反而，在認識工友的過程中，可以直接討論團結的方式和態度，也是非常難能可貴的經驗呢。

1　配給制始於中華人民共和國成立之初，中國內地在相當長的時間（五十至八十年代）內推行計劃經濟，面臨糧食等生活資料匱乏的問題，為了盡快恢復生產，度過難關，中共借鑑了蘇聯的模式，針對城鄉居民的基本生活物資實行「定量供給」。

2　早年新界沿路標誌性建築不多，市民往往以青山公路多少「咪」（即「哩」，英語 miles 之粵語音譯）表達所在地，成為青山公路的特點，有些甚至演變為地名留存至今，例如位於荃灣的中國染廠大廈商場，就以其所在位置而命名為「八咪半」。

3　把紡織好的布捲成一匹匹的工作崗位。

4　七十年代初，食一碗雲吞麵大約五至八毫。

5　受《僱傭條例》的基本保障，如屬「連續性合約」，可享有有薪年假、法定假日薪酬、疾病津貼、遣散費或長期服務金等僱傭權益，同時亦受《最低工資條例》及《僱員補償條例》保障，這些都是僱員重要的權利。可是，這些權利無可避免地會令僱主經營的成本增加，例如要替僱員購買勞工保險。故此不少僱主為了節省成本，便會千方百計，巧立名目或威逼利誘，以判頭或自僱人士身份聘請僱員。

由巴士車長到公廁站長——最鍾意移動風景的蔡國

受訪者：蔡國（行走江湖的名字）
訪問：蔡倩文、文倩欣、李維怡
書寫：李維怡

寮屋、街童、巴士司機、夜更工友、公廁廁所事務員，聽蔡國慢慢講故事，感覺到他在各種環境和挑戰下，慢慢找到一種「獨當一面地做個好街坊」的人生路。

寮屋：由街童日常到爭取原區安置

蔡國是戰後嬰兒潮一代土生土長的香港基層市民，一九五三年在父親位於筲箕灣山坡上的寮屋理髮店裡出生。該寮屋區包括七個寮屋村落，蔡國住的是

蔡國拿起公廁的標示展示他的招牌笑容

蔡國懷緬當年聖十字徑熱鬧的情景

馬山村，在山下馬路旁邊。

他笑說，兒時在馬路邊大叫一聲，好多小朋友就會從四面八方的屋裡跑出來，「玩乜嘢唔重要，最重要係一大班細路一齊玩。」蔡國也提到，有街童的社會，小朋友可以一齊玩，有什麼事都有一班人，有傾有講，遇到危險都有人幫。這種小小團結的力量，對日後蔡國參與抗議有沒有影響？蔡國點頭笑說：「都有啲意思㗎！」

當時黑社會在寮屋區頗普遍，乃一種生活日常。蔡國有鄰居被黑社會斬過，也見過黑社會從一個大人手裡救出一個被欺負的少年，也見過黑社會引誘年輕人吸毒……但無論如何，平日河水不犯井水，只要不吸毒就不會被他們控制。言語間，對自己「出污泥而不染」頗顯自豪。

到了九十年代至千禧年代初，市區發生不少清拆事

蔡國站在舊日的家門前拍攝，即西灣河街近東欣苑位置，現已拆卸化為一道牆。他最記得舊家對正一條冷巷，即使面目全非仍能認出，他仔細憶述家旁邊的店舖，還有與附近店舖的太子爺和其他小孩一起遊玩，以至成家立室後的片段。

件，引發不同的居民抗爭，馬山村也不例外。當時蔡國已經四十多歲，他記得去了何文田房委會找房屋署署長拉橫額抗議。清拆後，蔡國慨嘆家人四散，他暫居於柴灣的常安臨時房屋區，繼續爭取原區安置，後來村民陸續獲派公屋，他被派到西灣河的耀東邨耀富樓，可謂成功爭取。

蔡國站在舊日的家門前拍攝，即西灣河街近東欣苑位置，現已拆卸化為　道牆。他最記得舊家對正一條冷巷，即使面目全非仍能認出，他仔細憶述家旁邊的店舖，還有與附近店舖的太子爺和其他小孩一起遊玩，以至成家立室後的片段。

情深九號線

蔡國小時在天台小學就讀，後來去了區內一所不錯的中學。他發現自己英文了得，可以在全班四十多人排第九，但數學真的學不來。更不幸者，中學時有次與朋友戲耍，不小心弄傷了同學。這種事情，很難解釋，校長以他傷人為由踢他出校，他便回到父親理髮店幫忙，之後又幫助過開貨車的大哥跟車，發現自己原來喜歡開車。

當年考車牌，考了兩次不成功，第三次是母親鼓勵他，並為他付考試費，這就考上了。一九七九年，他更通過考試成為了巴士車長，從二十六歲做到五十三歲。

一談起巴士，蔡國就談笑風生，興奮地描述師傅如何教他開車。當時要用「棍波」，對於駕駛者的全身協調要求很高，但他發現自己很容易就做到，很有成功感。即使過去多年，蔡國對於師傅教的許多安全守則，仍然琅琅上口：要如何留意盲點、避開渠位多少呎、如何踩剎車掣可以令車平穩，讓乘客不會跌倒……

蔡國是中華汽車有限公司[1]的員工，開過不同的路線，而他最情深的一條，就是來回筲箕灣與石澳之間的九號線。蔡國說，編更看中他做事穩妥，就編他長期開九號車，一做做了十年。為什麼需要穩妥的人來開九號線？因這條路，路窄，彎位多，盲點多，易出意外。開九號線這十年間，他自己經歷了拆屋、家族離散、臨時房屋區、父親故去、工潮。同時間，也一直看著一些石澳村村民成長，天天打招呼「傾兩句」。車長與街坊，可謂共同成長。蔡國超時工作甚多：「無人做吖嘛，都唔係為OT錢，係為居民著想，無車嘅話無人入去玩，佢哋就無收入。」甚至不再做車長之後，蔡國也喜歡自己開車去石澳游泳，並找老朋友聊聊天。

紅簿仔、綠簿仔

在中巴工作期間，蔡國參與過兩次工潮，一次是爭取提高薪酬及改善退休制度；另一次是因車房員工被解僱，「支援囉！講義氣㗎嘛。」便又投身罷工。兩次都可謂成功爭取，亦是當年的大事。

問及當時是哪個工會？蔡國說自己是親建制的中華摩托車業職工總會的分會，是「紅簿仔」；職工盟那邊他們稱呼為「綠簿仔」。「簿仔」指的是會員證，紅綠就是會員證的顏色。「大部分司機都係兩本簿都有。唔同工會搞會慶，兩邊都會買飛去。」「佢哋有佢哋講（政治宣傳）囉，我哋都唔會理，主要係聚會，飲飲食食，傾吓偈。」

「鍾意移動嘅風景」

一九九八年，香港發生史上第一次巴士專營權更替，中巴的專營權結束，被新巴接管後：「（舊中巴司機）每年一千八百蚊過檔費，有子女嘅有一千蚊書簿費。」可惜好景不常，二〇〇五年，他與公司發生了兩件不愉快事件，令他認為自己的勞動和

拍攝當日，蔡國偶遇相識四十五年的西灣河舊街坊兼司機伙伴，湊巧也是現職九號線巴士的司機。

蔡國重遊舊地，與新式的九號線巴士合照。

蔡國在巴士上感受司機的功架，觀看移動的風景。

技術都沒有受到尊重，並認為公司是故意找舊中巴員工麻煩。蔡國很心淡，公司又出了肥雞餐，心裡的一點傲氣，讓他決定吃了這肥雞餐，從此告別廿七年的巴士車長生涯。

做車長期間，由於總會有「埋站休息」的時間，所以車長間有機會認識、聊天，更會相約一起去吃飯、宵夜。巴士車長之間的網絡一直維持著，後來的不少工作，都是經巴士公司前同事輾轉介紹，因此人生的這一段，對蔡國可謂非常重要。

蔡國有多愛「揸巴士」呢？不做司機之後，他的興趣之一就是：去坐巴士。但不是普通地「搭巴士」，而是會專程坐上層，感受一下那個司機開得穩不穩，下車前，會去同司機「傾吓偈」。另一個與揸車有關的嗜好就是：專門留意交通意外的新聞，為的是思考：「我揸咗咁耐都無事，點解佢哋會有事？」「我最鍾意揸車，因為我鍾意移動嘅風景。」

「做太多夜更個人壞壞地」

二〇〇五年，女兒才剛十七歲，還須供書教學。剛剛離職後的八年裡，蔡國做過保母車司機、專線小巴、保安和渠務公司的外判員工。當中做夜更的日子佔絕大多數，渠務工作更是永遠的通宵更，蔡國說：「做太多夜更個人壞壞地。」二〇一三年，蔡國糖尿病發，他記得看著血在眼邊流出來，然後看

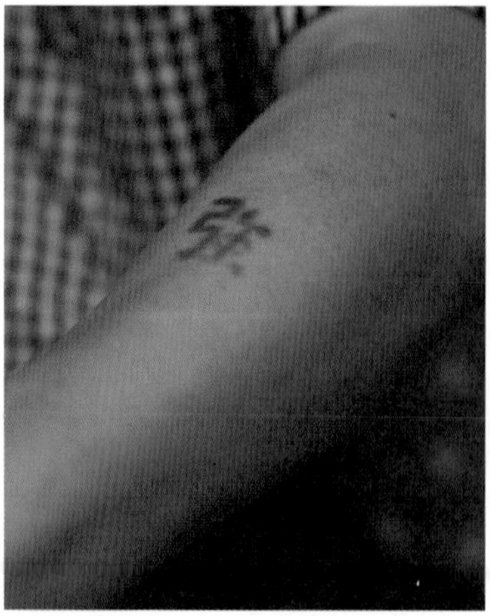

蔡國年輕時自己刻在手臂上的名字

不見東西，馬上就去了急症室，等了八個小時，期間打了三支針。他還記得，在床上動彈不得，還要護士抬起他的腳幫他抹尿……

接受了無法再挨夜更，經以前的車長工友介紹，開始進入潔淨行業的世界，去了街邊開「磨地車」[2]。「磨地車」會有司機和洗地工友，是專門洗地的清潔工種。做了一年多，「食環轉幫辦，入職時話（司機）唔需要做（洗地），新幫辦要我幫手拎擋水板。」蔡國不同意自己要做入職時不包括的工作內容，又不喜歡穿制服：「喺太古站畀佢見到我企喺度，佢過馬路企喺我後面，問我做乜唔著制服……之後喺北角官立學校附近，佢搭車經過又見到我喺度，佢返 office 就打電話畀我經理，叫我自己走。」

然後，又是經車長朋友介紹，他二〇二〇年加入了俗稱「蟲鼠隊」[3] 的清潔工種當司機。不過，所有蟲鼠隊的工作包括噴殺蟲水、除草、包鼠米、清理渠道，司機都一樣要做。他記得一開工，就是開車去馬灣，一下車就提一支大鐵筆揭渠蓋。工作了幾天，感到非常辛苦。當時雖不是夏季，但在太陽下曬著不斷勞動，仍然熱得很難受。一輛車有六支「救命水」（後備緊急飲用水），但全車也就是六個人，根本不夠用。由於太累，有時工友們會坐在一旁休息，可能吸支煙。如果不幸，被食環署「狗仔隊」查到，就會被罰款。曾有工友被罰款後去求情，蔡國認為「多餘」，因為求情都沒有用：「人哋投訴你就可以升職，你叫人唔投訴你？」

不久後，蔡國想到自己身體的支撐能力，還是決定趁夏季前離職。

再次獨當一面的好街坊

二〇二一年，西環水街的公共浴廁[4] 剛剛裝修好，需要一個公廁廁所事務員，又再一次因為巴士司機的網絡，有人介紹了這份工作給蔡國。

「公司規定，毛巾分五種色，每種有不同用途。一開工就先用一比九十九嘅漂白水，浸毛巾抹洗手盆，之後坐廁兜……每半個鐘、一個鐘就洗一次。」一開始講水街的工作，蔡國便很仔細地介紹每天開工的種種。公司提供的工具時有參差，有時等不到替換，蔡國就會：「自己去深水埗買支好啲嘅地拖棍，硬淨啲、索水啲，拖起嚟都順手啲！」

蔡國說，上環、西環一帶的劏房街坊還頗喜歡來水街公廁洗身和洗衣，因為劏房業主往往都有超收水電費，雖然電費沒辦法，但水可以用公家的。這個公廁比較罕有地包括一個浴室，而浴室每天只開放兩個時段，如果過了時蔡國仍未鎖門，被管工見到會被責怪。不過，蔡國也不會一到時間就趕人走，會好聲勸喻，也會多留五至十分鐘時間給街坊。因此，蔡國日常也有很多相熟街坊，也榮獲街坊公認

蔡國一日待上十小時的工作地點

蔡國總會一絲不苟地清理乾淨公廁的每個角落，即使有工友用後令廁所滿佈積水，他也理解公廁就是讓社區生活的每個人尤其百姓有個方便，所以他會盡自己的責任清潔好公廁，讓人用得舒服。

他管理的公廁是「西環最乾淨的公廁」。

蔡國用了百分之二百的細心，把每個位都抹得十分乾淨，但一樣米養百樣人，有讚賞的街坊，也遇過難以理解的破壞，例如打爛梘板、偷走全部花灑頭等等，這些都令蔡國心痛，但有時他會選擇諒解。

他憶述附近有個地盤，夏天天熱，午飯時間，大堆地盤工友就先來公廁洗面洗手，趕去吃飯又要開工，如此很難免會弄得地上都是水，還踩來踩去，自然髒黑一片。蔡國說，初時自己躲在工友房裡裝作看不到，因為很心痛，這時就會提醒自己：「這是公廁！」

後來，蔡國觀察到地盤工友的時間表，就故意把他們來洗面洗身的時段，變成自己的午飯時間，等他們都走了，自己再回去「一次過KO」。「地盤得一個塑膠盒公廁，幾十人點用一個公廁啫，又無水，都無辦法啦。」

二〇二一年，正好是疫情期間，蔡國曾連續二十幾日沒有放過假，因為當時很多人染疫，或因家人染疫被隔離，沒有人手，而且公廁這麼高危的地方，也沒有人敢替工。問題是，就算沒有公廁事務員，公廁都會開放，那麼，要用的街坊就要面臨更高風險。因此，蔡國認為「廁所負責人唔可以病！」因

許多公司提供的工具質素很差，蔡國會自己購買工具，為著做好自己本份。

此他也想盡辦法保護自己，去打疫苗，戴足口罩，確保自己不會生病。

從做巴士車長到公廁事務員，他都做到二百分，為何這般搏命？「一係唔做，要做就做到最好。做車長時，有街坊話要推舉我做冠軍車長，我都拒絕咗，做得好唔駛人讚嘅，街坊識欣賞就 OK 啦。」

廁所事務員不只管廁所

不要以為廁所事務員只管廁所，蔡國的水街公廁包括了浴室，他就要連浴室一起打理。意味著什麼呢？浴室的花灑開關、扶手、梘板都要清潔，要用牙刷仔細刷。還有一週一次，要把所有下水位的隔層升起，全部清潔一次。

如果公廁還剛巧有個倉庫，工友就自動連帶成為附近公廁的物資提供站管理員。水街公廁，就是這樣一個比較少有的三合一公廁。雖然多做了許多工作，但蔡國的薪水與其他只負責管理公廁的事務員是一樣的。雖然如此，有時見到負責運廁紙的尼泊爾裔工友，很辛苦地推著十幾二十箱廁紙過來物資站，要上斜路，蔡國也會衝出去幫忙。雖然，這根本不是他的工作範圍。

蔡國辭退水街的工作後，有次收到一個女人的電話說「I miss you」，他一時沒有回過神來，以為是電

蔡國從廁所事務員轉到其他清潔崗位，但仍未知自己晚年生活的方向。

話騙案，馬上收了線，連來電紀錄都刪去。後來想一想那聲音有點熟悉，才大大後悔：那應該是水街時期的一位尼泊爾女工友。那是一位掃街工友，但據社工講，因為行內長期存在種族歧視，經常會不合理地要求尼泊爾工友做不是自己工作範圍的事。這位負責掃地的尼泊爾工友，就被科文要求去洗浴室的地。女浴室就在男浴室樓上，如果那天蔡國見到尼泊爾工友在洗地，他就會轉頭下去，自己先洗了男浴室的地，以免她太辛苦，更會在科文面前替她說話，難怪工友想念他了。蔡國說，知道工友幾時會在那裡吃午飯，就打算在食飯時間前去找她，說聲對不起。

你想不到的清潔工精神壓力

在訪談中工友最經常提及的，往往是職場的人際關係。職場人際關係如果不良好，工友每天就會面臨自我價值被挑戰和質疑，的確是頗大的困擾。在水街公廁，雖然大部分時間蔡國都可以掌握他的工作空間，但也會有這類問題。

「呢個科文好神經質，小小嘢，唔可以駁佢嘴，但會記住你。上次走嚟 check 我，走咗之後一個屈尾十又嚟多次，想睇我係咪有問題……打電話嚟，我電話無校響鈴，佢就鬧我……」

蔡國指，食環署「狗仔隊」也隨時會來巡查，一「抄牌」，工友就罰一千五百元，公司又罰一千五百元[5]。公司自己的「狗仔隊」見到的話，就是警告兩次，第三次解僱。一罰就是薪水一成左右，非常嚴苛。

蔡國從事潔淨行業多年，遇過很多不同的管理人員，在外人眼中可能以為是同一種，但食環署的管理人員有不同職級[6]，外判公司自己也有「狗仔隊」，層層監視著工友的日常，精神壓力也不小。

蔡國卸下工作的身份後在舊居附近散步

高級寫字樓清潔：難挨過公廁

第一次訪問後不久，蔡國想要退休，已辭退水街的工作，但因為想多存一點退休金，做投資時誤墮時代性的電話騙案[7]，錢財散去，幾十歲人又要重投苦海，於是去找了份高級寫字樓的清潔工。

初時他以為，都是斯文人的廁所應該沒什麼問題，誰知那些會計師，人人衝入廁所時不知為何都是踢門，踢到門檔都壞了，令他被上級投訴；又經常不知為何拉出一大團廁紙丟在地上；有時更把廁紙捲成一個球般塞著廁所，迫得他只好找個夾子，把那些骯髒之物夾起裝在膠袋中，否則根本通不到廁……

本來，蔡國一心以為，守公廁時自己那麼高的潔淨要求，用在高級寫字樓區會沒問題，誰知這班讀書人，用廁所的潔淨程度，比起一般街坊差那麼多，也不會考慮工友的辛苦，「做到一百零一分都無用」，令他多少有些沮喪。

「我覺得佢哋一定係壓力好大啦！」蔡國又使出他體諒人的好心腸，不過，體諒還體諒，在他心目中以下一句都是重要的：「你又係人我又係人，大家都一樣啫。」

---

1 China Motor Bus Company Limited，簡稱中華巴士（China Motor Bus）或中巴（CMB）。

2 洗街車及高速清洗盤，俗稱「磨地車」，一般會有司機和兩至三名工友，是專門洗地的清潔工種。工友一般負責手持高速清洗盤，俗稱「飛碟」，清潔街道上的污垢，運作期間會噴出清水，透過磨擦地面，達至在短時間內清除頑固污漬的效果。因為高速運作，一般需要工友協助拉水喉及手持擋板，避免污水濺到街上途人。

3 防治蟲鼠服務，例如防治鼠患、蚊患及其他有礙公眾衛生的節肢動物。一隊一般有五至六名隊員，包括科文（即工頭）、滅蟲員（俗稱蟲仔）、一般工友（俗稱工仔）。外判合約下「蟲鼠隊」一般沒有專職的司機崗位，因此司機需要兼任科文、蟲仔、工仔的工作，但由於司機一般需要顧及道路情況和承擔交通責任，如等候泊車、避免抄牌、將車駛回停泊點等，司機一般以工作時間較長、時薪沒有額外補貼而為人詬病。

4 公廁及公共浴室的源起：本地西式公廁的源由可以追溯至十九世紀末。一八九四年香港爆發鼠疫，疫情最嚴峻的便是如今上環太平山街一帶。當年太平山區人口稠密，但衛生環境惡劣，唐樓一幢連著一幢，採用「背對背」的建築設計，導致居住環境沒有充足光線又未能通風，令疫情加劇。當年政府下令清拆太平山區，「火燒太平地」後，在原址興建卜公花園，又規定樓宇間需留有後巷空間，同時亦陸續在該區開始興建公廁和垃圾站，避免市民隨意在後巷便溺或丟棄垃圾，並在一八九七年首次訂立《公廁條例》，訂明公廁規格，確保公廁環境衛生。

上環磅巷公廁是鼠疫後全港第一個公共浴廁。二十世紀初，香港制水停水等情況比比皆是，居住在唐樓較高層的住戶大多都沒有食水供應，故除了公廁外，當年政府亦興建臨時浴室方便市民。一九〇四年在上環磅巷興建第一個同時提供公廁和浴室設施的公共浴廁後，政府亦逐步改善中西區以至香港各區的衛生情況。時至今日，香港各區仍保留不少公共浴廁和公共浴室——現存有二十四個浴廁散落港九新界甚至離島，和兩個公共浴室分別位於西營盤第二街和大角咀晏架街。

5 相關社工補充：這種政策應該每間外判清潔公司都有所不同。但理論上，政府的外判合約已聲明有關罰款不可轉嫁在工友身上。

6 李美笑（時為香港食物環境衛生署職工權益工會副主席）二〇一八年討論食環署員工工作的一篇文章：「高級管工（合約管理）是前線監管人員，每日除巡查街道潔淨情況、外判工人數和行為外，還要聯絡外判管工處理市民投訴，若有表現未符合約規定或未履行法律責任，會即時發出口頭警告，無改善便發出失責通知書建議，衛生督察審視個案作書面警告或扣外判商服務月費作為懲罰……」

7 二〇二三至二四年，由於智能手機普及化，電子產品綑綁了許多與銀行戶口有關的軟件，電話／網上騙案的紀錄達到前所未有的高峰。大量的電話／網上騙案又以孤獨的人為對象，通過表達關心、陪伴，而令許多人受騙，損失慘重。

溫情山寨廠與無情外判——關注社區的文姐

受訪者：文姐（化名）
訪問：張善怡、張智健、蔡倩文
書寫：張善怡

清潔工文姐已退休，原本相約在文姐家中訪問，豈料早上文姐外出後回家時，發現大廈唯一一部仍在運作的電梯壞了，另一部電梯因要更換維修，早已暫停運作數月。為免年達七十九歲的文姐要爬樓梯回家，遂改在附近快餐店見面。

文姐一九四四年在廣東開平沙塘鎮出生，五兄弟姊妹中排行第三。父親開養豬場和做賣布生意，也賺到些錢，文姐一家和四個嬸嬸，整個家族同住在用磚頭建成的青磚屋裡。文姐形容「細個嗰陣時，真

明愛同事不時會到文姐家探望她，圖為文姐與阿健的合照。

係唔憂食唔憂住㗎。」

解放後，文姐約五歲時，父親不能再做生意，先去廣州，又輾轉到香港，在葵涌天橋附近冷房[1]一帶打工，把薪金寄回內地。文姐與父親的相處時光不多，但還記得孩童時，父親與文姐姐妹們玩耍的情景，「當時我就摟住我老豆個背脊，我妹摟我背脊，最細個妹又摟另一個妹背脊」，想像畫面也甚是溫馨。

文姐有上學堂讀書，約由九歲讀至十四歲。說起讀書，文姐不算談得很多，只形容當時上課也學不到什麼東西。「學認字『開學了』，咁就一課喇喎！學認字『很多』，又一課喇喎！嗰時係咁吖嘛！」然後，上一兩堂，老師就會帶著學生，提起剷子去田裡勞動。文姐指，雖然不算學到很多知識，總算學會了寫字認字。

文姐母親對她家教甚嚴。「我阿媽唔畀我哋出去自由活動，管得好嚴。」「係女嘅都唔畀出去街自由活動，睇戲都唔畀出去睇。」母親掛在口邊，是擔心女兒外出會惹麻煩事，也沒有具體解釋為何女兒外出就會惹上麻煩。文姐也不敢抵抗母親的管教，於是，日常就只在學校或家中度過。

「屋企又唔畀你出街，咁係點識男仔結婚呢？」「人哋介紹囉！『有個男仔想結婚呀，你哋去相睇吓啦。』」對男方的背景，文姐也沒什麼了解：「係知有個香港仔想娶老婆。」「只係媒人婆講畀阿媽聽，阿媽聽幾多就幾多。主權喺阿媽度，嗰時無話女仔鍾意邊個嘅。」

文姐二十歲結婚後，不再與家人同住，但仍在沙塘鎮生活，與丈夫分隔兩地，靠書信往來，偶爾大時大節丈夫才回鄉。文姐在二十四歲誕下大兒子，其後再誕下大小女兒，一個人獨自帶大三個子女。

夫妻七日一信　郵差也驚嘆

縱使只靠書信往來，文姐夫妻間的溝通聯繫仍算緊密。「連郵差都話，係你哋嘅信最定時定候。」每七天就會收到一封信，一收到信，晚上小朋友睡覺後文姐就會寫回信，第二天寄出，七天後又會收到信。「就算七天後剛好星期日無送信，星期一都一定有。」夫婦二人皆是五月生日，文姐丈夫一定會回鄉同賀；文姐丈夫離鄉在港，做裝修、油漆等工作，獨自生活，倒是練得一手好廚藝：「無話出街食，都係佢買嘅嘢食，佢煮飯，我就洗碗。」即使後來，文姐在一九八八年終於來港團聚，家中負責煮食的也主要是丈夫。文姐來港後在工廠工作，貼心的丈夫還會煲湯煮雞，送到工廠請她和同事一起吃。

文姐三個兒女中，最小的女兒在一九七五年出生，正好趕上了內地嚴厲執行計劃生育前的尾班車[2]。雖然如此，但文姐也曾歷經六十多人包圍著她家，要拉她做結紮手術的情景。當時文姐四十幾歲，有次剛好丈夫回來一同過生日，丈夫甫回港，大概有鄰居舉報說她丈夫曾回來，便有六十人來要抓文姐做結紮。有些婦女在結紮後會有不同後遺症，如月經失調、腰痛、盤腔痛等，甚至走路也成問題，因此文姐當時也害怕到不知怎辦。「旁邊啲人話快啲偷偷出嚟，嗰時無得傾，（提到就）一定要紮。」幸好那次逃過突擊結紮後，就再也沒有人再來抓她結紮。

文姐在鄉期間，除照顧兒女，也義務出任僑委會代表。當地很多婦女的丈夫到香港工作，所以有僑委會。「唔知佢哋做乜選我㗎。」或許因文姐識字，她被三條村的村民共同推舉為僑委會代表。「當時仲去過長沙開會，食物招待好好，咁大個女未試過食咁好。」

文姐婚後想來港和丈夫團聚，但苦無渠道。直至一九八七年，一次去母親家吃飯，她姪女說閱報見到可申請家庭團聚。當年需提交結婚證明文件，但那年代文姐結婚也沒什麼文件，惟有推說水災被沖走了。事實上，負責跟進手續的公社書記也認識文姐夫婦，在公社建議下，辦了一個「茶話會」，讓文姐夫婦請他們吃一整枱子點心後，就算過了手續這關，文姐輪候九個月就可以來港。「當時唔畀一次申請埋仔女來香港。所以我來先，佢哋幾年後先至來。」

文姐來港時，大兒子已十八、九歲，最小的女兒亦已約十三歲，勉強可以自己照顧自己。留鄉的小女兒高中後還成功升讀佛山大學，威風得不得了，連村的公社也替她掛上「光宗耀祖」橫幅，還有巡遊車「咚噔咚噔咚咚噔」的響個不停，「嗰時無乜人讀到大學，唔似宜家一地都係大學生。」

見證香港工業時代　廿載溫情山寨廠

文姐一來港就與丈夫居住於現居的自置物業，很快開始找工作。

第一份工，在葵涌工廠大廈製造按鍵式的家用電話，焊接電話內部零件，用繩綑紮零件，拿指南針做零件測試。文姐只工作了數個月，電話廠老闆便移居內地。

第二份工，在葵涌某樓上印刷廠做絲網印刷，在木架上架好不同牌子商標的絲網，找合適編號的顏料擠到絲網一端，刮刀一刮，把商標圖案印在紙袋等印刷品上。這份工作文姐一做就做了二十年。文姐形容印刷廠的老闆對員工十分好：「真係好到無得頂，日日都會準備不同生果，例如蘋果、橙，親自送到同事工作的崗位畀同事食，平日會問我想食乜飯餐，代我哋下單訂飯，周日加班工作，就一齊去餐廳點唔同餸菜，大魚大肉。」雖然工作時間較長，每天要早上八時十五分出門，八時半開工，工作至晚上六、七時，有時加班至八時多，假日也常常加班，但文姐也覺得沒什麼關係，工作得開心就好。

可惜老闆因病去世，工廠易手。「個老闆真係好好，佢連臨死都好掛住我們呢班同事。」會把員工視作家人般看待，在現今普遍「賺到盡」的社會真的越來越罕見了。

年長失業　投入潔淨行業

「無咗份工就要周圍去搵工啦。咁我年紀又大，你想謀生，想搵個錢，都係要做清潔工啦。」

文姐曾在酒家做洗碗，但新入職時其他工人一直把最粗重的功夫推給她；後來在朋友介紹下，任職食環署的外判清潔工，二〇一七年左右，在太子花墟一帶做打掃工作。上早班，每天早上七時開始，文姐記得每天天還沒亮，就要由葵涌坐首班巴士到太子上班，工作至下午三時下班。文姐不太喜歡這份工作，太子花墟一帶十分繁忙，路人非常多，清倒垃圾，需要一直推著手推鐵車，文姐經常怕不小心鐵車車輪會輾過路人的腳。公司主管也會規定某特定時間才可休息吃飯，文姐是帶飯上班，「由朝早七點到可能十二點一點，成日啲飯凍晒都未有得食呀！」文姐說這份太子的外判清潔工也沒做多久，確實的時間也記不清，反正一次街道清潔時，手持水槍沖洗街道，不知怎的有人向公司投訴，說看見文姐把一條竹籤沖到坑渠中，沒有拾起，公司就把文姐解僱了。

「好話唔好聽，老公六十歲就無再做，咁你又唔做，佢又唔做，政府又無話有咁多錢畀你，得嗰千幾蚊[3]，食北風啦！」

後來，文姐找到在葵青區食環署的外判清潔工，也是清掃街道。文姐猜想，可能因為原本負責「搣街招」（撕下張貼於燈柱等地方的宣傳海報或招紙）的同事被投訴而遭解僱，過了一段時間，公司就把她調任負責「搣街招」。她自豪地說：「咁我做咗兩年搣街招，都未試過有人投訴我啦。」

搣招紙勞損手指　更被無理解僱

文姐「搣街招」工作，每天由早上七時至十一時多，午飯後，又由中午十二時多至下午三時多，工作期間要不停走動，清除招紙，最後約四時才回垃圾房打卡下班。文姐說這份工作有一好處，因在葵青區工作，中午可以回家吃飯再去上班。她最喜歡下班後，在附近買十二元幾件的三文魚壽司回家吃。「唔貴，又滑，又唔黐牙，我好鍾意食呀！」

「搣街招」工作對已年過七十的文姐亦十分勞累。「要係咁行，唔敢坐呀。驚畀人投訴。」每天不停走動固然疲累，清除招紙的重複勞動更導致文姐的手指勞損。「勾得多，手指都有事。」「落雨就死喇，落雨啲紙淋晒搣唔起啦嘛！」訪問時細看文姐的手指，即使已離職超過一年，拇指、食指的第一關節還是明顯較腫脹。

既然工作經常需要手指發力，有機會是工作導致的勞損？但現時職業病保障十分有限。如你的勞損不在「須補償職業病」清單中，便沒任何保障；即使在清單內，有職業病的工人亦需自行到全港只有兩所分別在觀塘和粉嶺的職業健康診所求診，開放時間只有平日朝九晚五（午飯時間休息）及星期六早上。以文姐為例，根本沒有可能下班後還趕得及去求診。

即使能過五關、斬六將，獲職業健康診所的醫生診斷屬於職業病，但除病假期間可休息，或醫生向僱主建議一些相應工作安排外，除非永久喪失工作能力另作補償，否則就沒有任何協助或補償了。既然字眼是「給予僱主建議」，只是「建議」，不屬「規定」，最後僱主堅持要你繼續工作，員工怕失去生計，大概也不得不忍受著勞損繼續工作下去。

那麼，文姐有想過去職業健康診所求診嗎？文姐說平常覆診時也有跟醫生說手指痛，醫生說手指腫脹和風濕有關，所以也沒想過去職業健康診所。不過忍著痛工作多年，公司卻不曾感激文姐的勞動或付出。文姐工作了約三年，去年七月，一次因病入了瑪嘉烈醫院數天，出院後公司合約剛好期滿，公司就借故說期滿不續約。有個主管跟文姐直言：「你入過廠，公司唔請！」還要文姐簽辭職信離職。

根據《殘疾歧視條例》，因殘疾和相關的病假而解僱僱員即屬違法，但文姐當時合約剛期滿，病假已完結，也沒有把主管的說話錄音記錄下來，要證明主管確實是因文姐入院而解僱她也很困難。

更甚者，公司要求文姐簽自願辭職信，因工作滿兩年的員工被解僱，應享有遣散費或相等的補償金，但當員工簽了辭職信，僱主就可省下遣散費。僱員超過六十五歲後，公司不用供款強積金，故如要支付遣散費，公司也沒有強積金對沖可節省開支。那麼，到外判公司的合約快到期，即是快到要支付遣散費的時候，會否有誘因去迫工友簽自願離職，以省回遣散費呢？對這個問題，文姐沒有答案。不過，文姐的僱主之前也有剋扣工資前科，疫情期間，有次文姐加班三天，公司卻只支付了兩天加班人工，文姐也曾向主管和公司追討，與主管弄得很不愉快。不過，文姐也不想跟公司再糾纏下去，反正自知理虧的不是自己就算。「簽辭職信時，佢連招呼都唔同我打，都唔緊要，我都照同佢打招呼！」

如是者，文姐有否想過從法律途徑追討，討回補償

文姐在記者招待會上講述清潔行業在疫情下的困難

和公道？「唔想搞咁多嘢，廢事追。」確實，如文姐真的追討，要經勞工處勞資關係科和勞資審裁處，過程漫長，各種程序動輒一年以上，過程也不好受，法官也很可能認為文姐簽了辭職信是自願辭職，可能敗訴。文姐年紀漸長，身體大不如前，不欲追討亦可理解。這時，文姐也年紀大了，索性就此退休。

不諱露面記招　退休更積極服務社區

雖然文姐對討回自身勞工權益不算積極，可是她對整體清潔工面對的狀況，卻很願意發聲。早幾年疫情時，她仍在職，也出席了記者招待會，分享清潔工疫情期間的苦況：因相繼感染新冠肺炎，致使她連例假也沒法放，長達一個半月天天上班。公司雖然每天有提供三個口罩，但一來不是獨立包裝，攜帶不方便，二來質料很薄，會透風，很多工友要一次戴兩個口罩，不夠的話自己還要花錢買口罩開工。多數受訪街坊在上鏡時會選擇蒙面保護自己，

文姐一同參與民間扶貧高峰會

「我行不改名，坐不改姓，有咩好驚！」文姐也不介意用真實名字來分享清潔工狀況，連脫下口罩拍照也毫不介意。

退休前，每逢週日文姐會和好姐妹到旺角酒樓喝茶，下午四時才回家；現在沒有收入，就沒再去了。「去唔起無去喇，（每月長者生活津貼）只得四千蚊，（每月）管理費六百幾蚊，電費百幾蚊，（如光顧酒樓）一條腸粉夠我食兩餐喇。」

算起來其實文姐都接近八十歲，退休約一年。丈夫已去世，文姐現時獨居在丈夫數十年前買下的單位。三個兒女亦各自誕下多名孫兒女，文姐偶爾會煮飯和兒孫們共聚，有時不舒服要入院，也有孫兒陪伴，算是有兒孫樂。

雖然老人病少不免，不過，身子還算可控：「啲家香蕉、西瓜都唔敢食。宜家咪食秋葵囉，哇，啲秋葵幾難食呀，啲啲『孱』，總之就慘囉。」文姐將身體健康，歸功於丈夫的貼心。初次訪問當天，坐在開大冷氣的快餐廳快兩小時，她也不覺冷，倒是筆者訪問中途已經要加穿外套了。文姐便教筆者用當歸、紅棗煲水，經期後第七日飲……文姐緬懷道，丈夫以前常常會買高麗參煲湯，所以自己身體也算壯健，做清潔工時流汗也比其他人少。

文姐退休後因參加不同活動，開闊了人際網絡，圖為大埔一日遊。

逝者已矣，文姐也已退休，但卻多了時間去關注社區。第三次再訪前數星期，文姐也剛出席了有議員參與的社福政策論壇，關心政府政策動向。雖然論壇上沒主動發言，她事後也跟社工感嘆席上聽到街坊的苦況：「有啲住劏房好細，等咗好耐公屋都係好慘。」

近來，她在樓下公園看到九十多歲的獨居婆婆，也會主動關顧，瞭解婆婆作息後，每天定時致電婆婆家中問候安好，連婆婆家中電話號碼也可以背出，更主動轉介至社工，希望安排派飯服務給婆婆。

像文姐的處境也反映現時香港社會高齡化，又因未有全民退休保障，不少長者仍從事保安、清潔等的外判工作。由於他們經常在社區內活動，對社區有著特別的認識和理解。像文姐就可以透過社區觀察見到需要幫助的人，如果從這個角度看來，是否對「社區長者」可以有不同的理解呢？

1 葵涌南華冷房工業大廈，建於一九六九年，因歷史悠久，成為附近居民描述地點的參考坐標。

2 內地生育政策，歷經多次更改。五十年代中華人民共和國成立初期，毛澤東還認為「中國人口眾多是一件極大的好事」，生育五胎或十胎以上的婦女更會獲「光榮母親」、「英雄母親」這些榮譽稱號。至一九七〇年，第四個五年計劃，提出「一個不少，兩個正好，三個多了」。一九七三年七月，國務院成立計劃生育領導小組，同年十二月正式頒佈「晚、稀、少」政策，「男二十五周歲，女二十三歲以後結婚，女二十四周歲以後生育；生育間隔為三年以上；一對夫婦生育不超過兩個孩子。」強制結紮、強制墮胎亦由當時開始。一九七九年下半年，全國各省進一步收緊至「一胎政策」，除部分少數民族外，一對夫婦只可生一胎。一九八一年，中國國家計劃生育委員會（計生委）成立，「准生證」、「超生罰款」、「結紮上環」等影響著眾多家庭生育的可能。政策一直執行至二〇一四年後，又因出生率太低，陸續放寬至「單獨二孩」（一方是獨生子女的夫婦可生育兩個孩子）和「全面二孩」。直至二〇二一年五月三十一日，政府才正式頒佈三孩政策。

3 這裡是指社會福利署發放給七十歲以上長者的高齡津貼。

行駛與等待，接載與守護——國哥的車上人生

受訪者：國哥
訪問：楊家昇、張詠儀
書寫：張詠儀

「我人生入面喺車上過嘅時間可能比喺屋企過嘅時間更長。」聊著聊著，國哥突然這樣說。國哥的司機生涯，由白牌車、巴士、貨車、泥頭車、跨境貨車、小巴，到現在的「箭嘴車」，可謂經驗豐富。

「最多人講跨境車司機包二奶嘛。係，我知道有，身邊都有認識人係咁，但係唔係好似報紙講到咁，唔係個個都係咁吖嘛……我果陣仲有做義工，喺關口派安全套同埋教啲人性教育知識㖭！」[1]「做跨境車司機，有好多得意故仔㗎，真係有排講呀，有啲講你都唔信呀！」除了跨境車司機時代的故事，國哥也很樂於分享他在鋼綫灣村（現數碼港一帶）裡上山下海的童年歲月。

國哥現職是一名「箭嘴車司機」。什麼是「箭嘴車」？「即係你有時喺路邊見到，成架黃色嗰啲車，後面有個大牌，有箭嘴叫你轉左轉右，同埋有兩盞黃燈閃閃吓，咁就叫箭嘴車囉。」原來箭嘴車司機也是清潔崗位的一種。

鋼綫灣村的童年到司機生涯的開始

「大東電報局嗰嚿嘢，啉家就係宏立書院啦！呢個就係上碧瑤，下碧瑤，呢度就係我哋條村，呢個係豬棚，呢個係大坑渠，同埋球場。呢個山仔係貝沙灣（以前嘅樣），狗房嘅位置，山斬咗一半起貝沙灣……」

國哥與平日工作夥伴——箭嘴車的合照

國哥一九五六年出生於鋼綫灣村（現時的數碼港），見證著七十年代高級私人住宅碧瑤灣的興建、一九八九年鋼綫灣的填海、鋼綫灣村一九九九年清拆，之後被安置到田灣邨居住至今。說起當年鋼綫灣村的生活，國哥指著手機裡一張張舊相，對附近大大小小的地方名稱琅琅上口。

「我出世果陣，太婆，即係阿爺嘅阿媽仲喺到，幾代同堂呀！屋企養豬到六十年代尾，剩好少人養豬，一來有大陸豬，二來成本貴啦，七歲就開始用擔挑擔嘢，擔到膊頭有個枕，不過唔痛，嚿死肉仲喺度。搵唔到食，阿爸先出去做嘢，阿嬤同阿媽就繼續養豬，果陣無咁多工種畀女性去做，只可以種菜、養豬，之後阿媽都出去做嘢啦。」父母當時去了附近大口環兒童骨科醫院[2]打工，做「房口」，即是人家覺得你可以做什麼就要做什麼，照顧行動不便的病人。

一九六二年，國哥在聖華小學[3]就讀，後來去了明愛聖高弗烈職業先修學校讀了三年初中，學習五金、電工及印刷技能。國哥說，他父母對於他做什麼工作沒有什麼意見：「搵到食就無所謂，最緊要有份工，穩定就得。」他後來便去了考車牌，笑說「可能是自己懶」，在考車前一個月才去學車。

一九七七年，國哥開始揸白牌車，到港島中半山區接載居民去中環，因為那時的士沒現在那麼多。後來轉職做貨車司機送貨，再之後就去學揸巴士。「果陣揸巴士好辛苦㗎，七九年嘅時候係無女仔揸巴士㗎！」那時巴士的軚盤很大，是鐵製的，並且是油壓軚，「死軚嚟嘅，行緊架車你都擰唔郁佢，轉個彎都好辛苦。」那是個巴士未有冷氣的年代，「熱狗巴」或是國哥叫「紅番頭」，是肉色底紅框的雙層巴士，引擎就在司機位旁邊，「好熱㗎！」

後來，國哥轉職去開泥頭車，「開山呀，海濱花園、荃灣碼頭，我哋車落去填，東隧、油塘果條路，開鑽石山個山，黃大仙上面呀，車啲泥落去填海，同埋城門隧道嗰個窿，喺富山火葬場嗰度行舊路，果條路好窄㗎，開咗個窿，搵車駁出嚟，再搵啲泥頭車落去填海囉，填沙出出面，圓洲角出面囉。」被問及如何看自己參與了香港的建設，國哥有點害羞地說：「邊係呀！唔只係我啦，其他唔同崗位嘅人都有份建設香港啦！」

「啲魚都暈晒浪」——跨境貨車司機年代

一九八七年，國哥便去了當跨境貨車司機，「八七年果陣，香港得兩個口岸係可以貨車同私家車入，一個文錦渡，一個沙頭角。皇崗口岸已經係九十年代先開始。」國哥說，「初初開放，啲工廠上落貨好犀利，咩貨都有，布、製衣材料、塑膠粒、傢俬夾板、水喉通、鐵，咩都有，運上上面加工。」九十年代末，國哥每月收入可達三、四萬。國哥聽說，陸路貨運業最高峰期，香港有接近四萬輛跨境貨車。而政府報告則顯示了在一九九二年，有四萬六千多人就業於陸路貨運業，是該行業人數最高峰的時期[4]。

見過行家去汕尾海豐運魚來香港，從深圳開始不停地駕駛也最少要八小時，所以到港時「啲魚都暈晒浪」。國哥自己最遠則去過汕頭，比汕尾需時還更長。雖然不是每次也是如此長途，然而一些相較短途的工作，因著關口開放時間及過關程序，往往也令他們要在旅館，甚至更多時候在車上過夜，睡在司機位後面一張約一呎闊的「床」，而樽裝水、毛巾、牙刷、棉被、幾件替換衣服則是車上的常備物資。

國哥說司機之間有句說話：「紅燈自己行，綠燈一齊行」[5]，可見當時路面狀態的混亂。那時，連廣深高速公路都是沒有街燈的，不過如果趕貨，晚上也要繼續揸車。沒有上網，又沒有 GPS，司機便透過無線電對講機向其他司機問路，如果附近又沒有同路人，就要請當地的電單車司機帶路。

「我哋以前唔熟嘅地方，一定唔會入去，喺個村入面嗰啲，一定唔會入去，搵人出嚟帶。」試過有一次，他在順德杏壇的牛仔布廠，架空電線懸在貨車前頭，貨車前行就會拉扯到。工廠便找人來，用一枝竹不斷頂起電線，不讓電線被卡住並扯斷，貨車才得以緩緩駛出，「捅到佢都發忟，佢哋仲話『司機你唔好理佢，撞斷就算，之後再算啦！』」

若不幸發生意外，內地當年的交通法規要扣留所有意外相關車輛。一次貨期延誤，客人就可能會轉投其他公司，因此，有時即使自己是受害者，也往往要被迫賠錢，快快了事。於是駕駛時如若精神不足，國哥會情願先休息一會，養足精神，再繼續行程。

要概括跨境車司機生涯，國哥一字記之——「悶」！

「你有無見過上水同皇崗條車龍？上水（文錦渡）口岸條車龍就去到白石凹，皇崗就去到上水，調返轉架！」

如果能夠約到其他司機朋友一起出發，在路途上至少大家可以用對講機有傾有講，就不會那麼悶。如果沒有朋友一起出發，在對講機中遇上其他司機，國哥也會把握機會嘗試跟他們「吹吹水」。如果只有自己一個人，悶了，只可以吸口煙，「所以我長年戒煙都戒唔到——真係好悶，悶到抽筋！」長途駕駛，路況差，交通又混亂，司機卻要不斷地前進或等待，大多時獨自一人，孤立無援，卻又不容有失。

在這些漫長但又需要集中精神的路途上，一支煙，原是如此必要的陪伴。

由跨境貨車司機到箭嘴車司機

跨境貨車年代，國哥試過做打工仔，也試過「私人做」（自己開公司接生意），不過在生意旺的時間很難有假期，一整年下來，也沒十天在香港度過，除了過年那幾日回家探望父母。

九十年代末，隨著內地對外運輸及配套系統逐漸發展完整，貨品可以更低成本從內地直接出口，香港作為主要轉口地的角色也逐漸面對新的轉變，而國哥生活的另一些方面也如是。

一九九九年鋼綫灣村清拆[6]，國哥當時大部分時間可以說是「住」在車上，因此也沒太多時間關注清拆過程，只希望父母搬遷後可以好好適應。父母當然不想搬遷，但也知道不可能，只望能安置在舊村附近的地方，方便老人家適應生活。最後，在國哥父母爭取下，他們獲安置到田灣邨。

所幸父母尚能適應上樓後的生活，不過國哥也會懷念童年在村裡的日子：「以前個沙灘好靚，啲沙白雪雪，行出去沙灘游水、釣魚、掘蜆、摸蜆，以前係通山走，唔係通街跑！細路仔出嚟玩唔駛驚青，無馬路嘛，成條村周圍走無人理你，鄰舍關係好啲，雖然唔係親人但識咗咁多年……」「出門口周圍都識得，有士多鍾意食嘢就食嘢，雖然就辛苦啲。但搬咗上樓就困住喺度，大家返嚟『bang bang』門埋門，你唔識我我唔識你。以前住村，打開門，個個都識，出門口，嘻嘻哈哈又一日。」

後來，國哥經內地報關員朋友介紹，在二〇〇七年認識了現在的太太。婚後，國哥便申請太太來港，二〇一二年知道太太就快可以來港後，國哥就決定不再做跨境車司機了。

國哥雖然有各種駕駛經驗及車牌，但考慮到多年沒有在港駕駛，對道路的熟悉度不如以往，就選擇了可在熟悉環境繼續發揮所長的工作——小巴司機。「揸五十一號線，來往田灣至香港仔，揸呢條線，五分鐘返到屋企，慳返好多時間㗎！」不過，他也發現開小巴很不容易，留意路況之餘，又要留意客人上落車等等的情況，然而工資跟其他基層工作也是差不多。做夜更或通宵更，人工當然更高，但也更勞累，生活作息顛倒，也會大大減少與家人相處的時間。

後來得同行朋友介紹，國哥在二〇二一年開始當箭嘴車司機，繼續在他出生及生活多年的南區工作。

箭嘴車司機與馬路邊的清潔工作

「箭嘴車即係你有時喺路邊見到，成架黃色嗰啲車，後面有個大牌，有箭嘴叫你轉左轉右，咁就叫箭嘴車囉，一般人叫工程車，我哋叫箭嘴車，同埋有兩盞黃燈閃閃吓。」原來在清潔工作中需要不同種類

國哥平日需要安排其他隊友的工作路線及評估環境風險

的車輛協助工作，箭嘴車以外，還有收集垃圾的垃圾車、斗車（收集大型垃圾）、洗街車（清洗街道）等等。

箭嘴車司機的工作是接載清潔工小隊去馬路邊進行清潔。小隊工友負責清理路邊垃圾[7]，例如被風吹來的垃圾、樹木掉下的枝葉；疏通路邊坑渠，避免渠道淤塞，而司機除了接載工友，還要擔當報告工作及保障工友安全的角色。

開工前，公司提供了道路安全課堂，「前後都要擺低雪糕筒，著咗箭嘴燈，話畀人知，我哋哝家喺度做緊嘢，提醒啲駕駛人士行隔籬條線，隔幾遠放雪糕筒、同箭嘴燈號個距離……呢啲都係上堂嗰陣學嘅。」課堂雖然提供了設置安全提示的指引，但還是有不少事情需要國哥臨場應變，「唔需要人教，你自動自覺，你揸得車耐就有經驗，有見過發生咩交通事故，就知有咩要留意。」也許是因為國哥多年來駕駛經驗豐富，說起來好像沒什麼大不了。

國哥特別提起，南區有些在山邊的單線窄路，好像由深水灣到淺水灣的路，一封路就無法通行，國哥便要將車泊在其他地方。南區也有不少上下山及轉彎位，需要更額外留意：「兩條線一上一落，未入到彎位，你係咪見唔到對面有無車呀？你望我唔到，我望你唔到㗎嘛。如果對頭有車過咗線，你又去得太快，收唔切油咪撞囉。」筆者問有沒有例子，國哥立即就想起：「田灣邨三座，田健樓對出個彎位就係啦！」

「佢哋落車做嘢，我咪跟住佢哋囉，擺個雪糕筒，有時唔可以擺得太出嘛，有無車嚟呀，唔好企咁出呀，有時佢掛住做嘢做嘢，趌咗個蘿柚出去掃地——小心啲呀，有大車呀有巴士嚟，大家企埋一面呀，等陣先再做。」說起與安全相關的事情，國哥的語氣便不那麼平淡輕省。筆者指出國哥好像特

國哥與隊友的合照，大家平日有講有笑，相處融洽。

別著緊工友在馬路上的安全，國哥只是說「可能係關性格事啩」。

簡單而言，箭嘴車的清潔工友，做的就是馬路邊的基本清理工作，獨特之處在於工作地點在馬路邊，相關的環境安全措施就主要由箭嘴車司機去把關。至於工作時遇到的困擾，則與其他清潔工友類同。

與其他戶外工作的工友一樣，天氣是影響工作進度及安全的重要因素。「熱天咪熱囉，無㗎，揸緊車果陣或者有時做緊嘢睇唔到酷熱天氣訊息，落車見到咪提醒佢哋要多啲休息，做到覺得好熱、要抖抖，咁咪上車涼陣冷氣先。」

訪問期間，國哥展示了一張照片，是他前幾天工作時，在香港仔一帶的馬路邊看到的幾張大梳化。按規定，市民應自行搬運大型垃圾到公眾垃圾站棄置，不過有時國哥他們看到較細、能處理的垃圾，也會搬上箭嘴車一同運回垃圾站，再交負責大型垃圾的部門處理。如有類似梳化或更大型的垃圾被棄置在路邊，他們無法舉手之勞，便要通報相關同工跟進。說起類似情況，國哥也表達出無奈，「搬到咪搬，搬唔到都無辦法。」

國哥：請易地而處

國哥記得一件深刻的事，是他們在「數碼港狗房」（漁農署香港動物管理中心）附近時，曾有個人，應該是司機，在路邊吃完飯後隨手丟棄了飯盒。「嗰頭掃完呢頭丟，我鬧㗎！我話我呢頭掃完乾淨，見到你又嗰頭丟，你有無搞錯呀！行唔駛三十秒就有垃圾桶，你睇住我喺度做嘢，掃完你就丟，我駛咩界面你呀！做人，你睇住人喺度搞衛生做緊清潔，人哋搞乾淨你就喺度丟垃圾，掉轉呀，你做我丟呀……」

基本上絕大多數時間，即使國哥看到有人亂拋垃圾，「通常都唔出聲，只係條氣頂住」，但那次他就真的忍不住——不過也只是開口客氣地提醒了對方一聲。這大概也與國哥看待自己工作的方式有關：「無人做生意，推動經濟，唔得。你有錢有盛，但係成街垃圾又無人肯清理，咁又係唔得。」對於這些亂拋垃圾（特別是在他們面前）的事情，國哥希望大家可以多一點尊重，多一點易地而處的思考。

像梳化這些太大型的垃圾，國哥及工友們就無法順便清走。（拍攝者：國哥）

被問及社會大眾可以怎樣協助，令這些在馬路邊進行清潔的工友可以順利完成工作時，國哥的回應很實在：「無嘅，我哋擺咗個告示出嚟，咁駕駛人士注意多啲，見到箭嘴著（燈）就知道要行隔離條線，同埋小心啲咁樣囉。」

---

1 《明報》二〇〇九年二月十六日的報導，http://ngohk.blogspot.com/2009/02/blog-post_3274.html?m=1

2 現稱「大口環根德公爵夫人兒童醫院」。

3 創校時位於薄扶林道太古樓村。

4 《一九九三年運輸及有關行業統計調查報告》，頁六。政府統計資料只有跨境貨車流量、陸運貿易貨物金額／重量，以及陸路貨運業就業人口統計，國哥聽說的數據是他當年從一些貨運行業協會的行家口中知道的，但詳情他已不太記得。

5 即使紅燈下理應停車，但因為其他司機都不會遵守，於是紅燈也要「自己行」，綠燈亮，當然也是照行。

6 根據立法會房屋事務委員會一九九八年十一月二日的會議紀要，按照在一九九二年政策大綱，政府當局須於一九九六年三月底前安置所有政府土地上的市區寮屋居民，而當時鋼綫灣村還有四十五戶人居住。

7 在行車快線的清潔工作會由其他部門處理，因為封快線的安全要求更高。

第四章

既是清潔工 亦是女性照顧者

都唔知點解自己咁挨得——願生活平安的華姐

經歷高低，望苦盡甘來——芳芳的拚命人生

仔細觀察，主動關心——由揸筆到揸掃把的玉姐

都唔知點解自己咁挨得——願生活平安的華姐

受訪者：華姐（化名）
訪問：蕭朗宜、靳嘉宜
書寫：蕭朗宜

徘徊於農村與城市之間的日子

華姐一九六〇年於廣東省惠州的農村出生，幼時協助家裡打理農務。二十多歲時，正值八十年代，中國經濟改革，珠三角區湧現大量工廠。華姐也像許多農村女孩一樣，去工廠打工。華姐形容自己很「挨得」，當工廠找人加班，她都會答應。所謂「加班」其實是通宵班，通宵班後就緊接著另一天早班工作，變相連續工作三十六小時。她卻一臉輕鬆地說：「病就唔會病，但係好攰囉。」一九八二至八三年，她一個月可以賺到四至五百元人民幣，有時甚至有六百元。「有啲人先賺到二三百蚊，我都四五百蚊，算叻㗎啦。」

一九八七年，經親戚介紹，華姐與比她年長十四年、做過行船電工的香港人結婚。華姐輕描淡寫：「嫁嗰啲香港人，係咁老㗎啦，有啲人年齡相差得仲比我哋多啊。」雖說華姐的老公是香港人，但其實他在惠西出世，後來申請到香港和父親一起生活，而他的母親仍住在惠西。因此結婚的意思，就是華姐離開父母去惠西負責照顧奶奶。那裡是農村，四圍都是大山，村中大部分人都已搬出城市，村裡變得越來越荒涼，蛇蟲出沒。一九八九年，華姐誕下大兒子，同年，她決定帶奶奶和兒子一同去城市建屋居住。丈夫賺得不多，一切有關建屋的事全由華姐打點。

華姐坦言婚後生活並不親密。丈夫每月會探望她們一兩次，最主要是來看看兒子，通常週六下班後過關，住一晚，隔天下午就離開。經常往返兩地，交通費很貴，那時華姐找到兼職，會貼錢給丈夫做交通費，一次四百元人民幣，反而丈夫很少給家用。

第二胎和工作：只可二揀一

華姐的兼職是在半政府機構的飯堂裡煮飯。起初，人工只有每月八百元人民幣，後來加到一千二百元。她要製作全公司的飯食，四、五十人分量的飯菜，由買菜到煮飯都由她「一腳踢」，連「挨得」的華姐都說辛苦。雖然如此，但她很喜歡這間公司，和同事有說有笑，過得很開心。職員們多數是剛從大學畢業的年輕少女，會教華姐普通話和認字。「如果我唔嚟香港，唔生個女呢，我退休仲有長糧食。」

一九九四年，華姐的女兒出生。當時內地實行一孩政策[1]，在華姐的認知中，她身為農村戶口，只要第一胎和第二胎相隔四五年出生，是可以把孩子生下來的。但華姐任職的半政府機構，需要嚴謹執行政府規定及公司政策，需要華姐拿到「獨生子女證」[2]才准許她繼續在公司工作。

明知會失去工作，但華姐仍決定生第二胎，只因丈夫想她生。談及第二胎，華姐言語間總會夾著「如果我不生……我就……」「我好鍾意喺嗰度做㗎，我一啲都無諗住要生多個。」問及她有沒有向老公講出這些想法，她回應道：「你唔生唔得啊！……佢唔鍾意啊，你既然唔肯同佢生，咁佢咪再娶過第二個囉。但我又唔想我個仔咁賤，我唔捨得我個仔啊……（如果離婚的話）肯定佢爭（撫養權），佢無可能留個仔畀我，尤其是農村鄉下地方，阿仔好重視，好重要㗎。」

在被動和主動之間，申請來香港

華姐女兒出生的同年，丈夫開始著手申請兒女去香港居住，並於一九九六年申請成功。華姐說在內地的生活很好，本身沒有特別想來香港，但她認為一個母親沒有選擇，只有跟著孩子走。當時女兒只有兩歲，剛拿到香港身份證和回鄉證後，丈夫就馬上把女兒送回內地給華姐照顧。華姐每逢申請到「往來港澳通行證」（俗稱雙程證），就帶著女兒到香港看顧兒子。

申請一次雙程證需三千元人民幣，有效期為三個月。當時華姐兼職一個月才賺到一千二百元，三千元實在是價值不菲。她前後申請了六次雙程證，共花了一萬八千元，用光了多年積蓄。一九九八年十二月二十二日，華姐終獲批單程證，正式來香港生活。

「得閒死唔得閒病」

剛來港，待新年一過，華姐就立即找工作。當時將軍澳、寶林一帶正發展新市鎮，華姐在厚德邨做地盤雜工，負責一些清潔類的工作，一天有三百至三百五十元薪水。可是當時女兒剛開始讀幼稚園，華姐不放心，便在居所附近找些清潔工工作，方便照顧。

由一九九九到二〇一五年，華姐大部分時期做的清潔工作都不止一份，且工作地點全都在居所附近可步行到達的範圍內。比起地盤，清潔工作沒有那麼困身，萬一家裡有什麼急事，都可以短時間內回家。「我都擔心㗎，始終我出去返工，心都唔安樂……我簽咗名（報到）就走返屋企，睇睇佢哋返咗學未，子女緊要嘛，我由得佢炒我魷魚，我咪唔做囉。」

一九九七年金融風暴後，香港政府為了削減開支，陸續把公營服務外判化，當時首當其衝的就是清潔工和保安等「非核心業務」的底層職位，短時間內市面出現大量外判工作。在這個大環境下，華姐順利地找到做兩份外判清潔工，負責掃街，一份早更，一份夜更，維持了兩年。

早更不用簽名報到，華姐會提早兩小時，即清晨五時開始工作，為的是七時半要送小朋友上學。她手腳快，兩個小時就清潔好負責範圍，「做咗嘢，無人投訴就得啦，有人投訴咪出去跟囉，無所謂，佢都請唔到人。」她憶述一九九九年打了很多場颱風，為了清理公路上的樹枝和雜物，又要送小朋友上學，她只好提早於凌晨三時開始工作，一個人把三分一條柴灣道上的樹枝、雜物堆在一處，等其他同事搬上車。

當時一有人介紹工作給華姐，她就立即去做。做得最長的工作，是大廈清潔連倒樓，一做就做了十一年。不過這份工作每月只有六千至六千五百元收入，所以她又找了第三份工作——夜間外判清潔兼職，大廈清潔和夜間兼職之間只有一小時的休息時間。「唔會病㗎！如果你喉嚨痛或頭暈，你自己買啲必理痛食落去就無事㗎啦。根本上想搵多啲錢，都請唔到假，無人做。得閒死唔得閒病㗎。」

華姐之所以如此努力賺錢，是因為丈夫工作不算穩定，收入亦不算高。一家生活得很節儉，子女在學期間，一家從來沒有去飲過茶。二〇一一年，丈夫退休，經濟擔子就落在華姐身上，子女上大學的費用都由她一力承擔。儘管華姐長時間每日工作超過十小時，但工資卻不高，每月都不到一萬元（見附表）。不得不提，華姐一直說她的工作「沒有假期」，按照勞工法例應該要放的每星期一日假，全都「補錢」解決，她提及的工資實際上已經包括補錢的金額。

華姐 1999-2015 年間工時及薪金

年份	工作	每日工時	每日總工時	每月薪金	每月總薪金
1999-2001	食環外判清潔 - 日更	8 小時	14 小時	$4,800	$9,600
	食環外判清潔 - 夜更	6 小時		$4,800	
2001-2003	食環外判清潔 - 日更	8 小時	12 小時	約 $5,000	約 $8,000
	食環外判清潔 - 兼職[3]	4 小時		約 $3,000	
2003-2004	清潔公司 - 居屋清潔	8 小時	10 小時	$5,000	$8,000
	清潔公司 - 居屋倒樓	2 小時		$3,000	
2004-2011	大廈清潔	9 小時	13 小時	約 $4,500-4,800	約 $9,000-$9,300
	大廈倒樓			$1,800	
	食環外判清潔 - 夜更兼職	4 小時		$2,700	
2011-2015	大廈清潔	9 小時	9 小時	約 $4,500-4,800	約 $6,300-6,600
	大廈倒樓			$1,800	

所有人的照顧者

華姐手腳快，做大廈清潔時，總於早上十一時左右做好基本清潔。由於工作地點離家只需五分鐘路程，她就利用工作的空檔和午飯時間買菜、回家備料，把要洗要切的功夫做好，待兒子放學回來就可以直接煮飯，希望可減輕子女的壓力，讓他們多點時間專心學業。到一時半，放飯時間完結，華姐會準時回到工作地點，打卡報到再開工。

如果工作時遇到什麼急事，她會跟上司及保安交代一聲，「最緊要夾到嗰個保安，（公司）有咩事，接到投訴就會同保安講，保安叫我去做。」

雖然已盡力照顧，但華姐仍會說自己「心冷」，自責沒有好好照顧小孩，好像讓他們自生自滅。她憶起孩子們獨立照顧自己的畫面：自動自覺吃完麵包做早餐，就背書包上學；女兒四、五歲就懂得自己洗頭、紮頭髮；子女年紀小小就會幫忙煲飯，有次阿女把飯煲得太軟，哥哥就教她……

華姐有時需要陪老爺覆診，都是利用工作的空檔，沒有特別請假。她會和保安好好溝通，留下電話號碼，做好隨時要回到崗位工作的準備。「我都貪佢可以咁樣，方便我照顧家庭，如果唔係我就去做地盤啦，一條心做一份工就算啦，有幾百蚊一日。」

有段時間，華姐自己的爸爸病了，她在沒有放假的情況下，持續每星期即日往返內地探望爸爸。每逢到探望爸爸那天，她凌晨四、五時就出去做大廈倒樓、抹升降機，其餘的工作她請了人幫忙，到了早上七時，她就出發北上，單程交通需四個小時，吃個午飯，看看爸爸，下午四時出發回香港，約晚上八時回到柴灣，有時連家也不回，直接去工作的大廈倒垃圾，到晚上九、十時才回家。

二〇一六至一七年，華姐的丈夫中風，住院一個多月。當時華姐已經是食環署直接受聘的清潔工，不再身兼幾職，上班時間比較穩定。不過當照顧丈夫的責任全都落在她一人身上，還是有點吃不消。每天放工後就買餸煮飯，再拿去東華東院給丈夫吃，逗留到晚上八時，回到家差不多十時，她才吃晚飯、休息，早上七時又開始工作。奔波勞碌，又擔心丈夫再也走不了路，身心俱疲，一個月瘦了五、六斤。

受罪的子宮

二〇一一年，華姐總覺得肚子「谷住谷住」，各樣檢查後，醫生說她的子宮膜很厚，擔心日後發生病變，建議她做子宮切除手術。華姐的子宮在生完第二胎後做了結紮手術，沒想過最後還要全個切除。不過，華姐又再輕描淡寫：「做完手術都無咩嘢喋喎，正正常常，又食得、又抬得、又做得。」反而她的子女都很憂慮。

手術後，華姐休息了兩個月就完全復工了。「兩個月無做嘢就無錢㗎喎，做外判一分錢都無㗎，一毫子都無㗎，兩個月自己喺屋企都係食自己㗎。」不過，為了減輕身體負擔，手術一年多後，她辭去夜更清潔兼職，專心只做大廈清潔和倒樓。

清潔隊的工作有幾難做？

二〇一五年，華姐五十五歲，女兒在網上見到食環署請二級工人[4]，是公務員職位，職務包括清潔工，就叫母親試試。報名後第四個月，華姐收到通知要做體能測試[5]和面試[6]。三個月後，華姐被食環處通知入選食環清潔隊[7]。清潔隊每日要走二至三條固定的路線，沿途經過多個垃圾站和收集點，華姐和工友需要把垃圾從大型垃圾箱轉移到垃圾車上，或者把「包頭」（即已包好的大垃圾袋）用人手搬上垃圾車，最後跟著垃圾車到堆填區或廢物轉運站卸垃圾。

華姐每天的工作流程之一，推桶上垃圾車。

華姐笑言現在的工作比之前的好，工資[8]和假期[9]多一點，工作時間短一點[10]。不過，論工作內容，一點都沒有比之前輕鬆。

「搏命咁㗎，你都唔知啊，我哋一落車唔係行㗎，係跑㗎，架車有幾長就跑幾遠。」每隊清潔隊人手不多，只有華姐和另一位工友，所以司機也會落車幫助[11]，他們已經養成默契，兩位工友一同推桶，司機「打掣」（控制垃圾車的裝卸裝置），「手一抓住就『fit』一聲就嚟。一拉桶，就上。」有時垃圾桶內的垃圾堆得太滿，滿過桶頂，他們就先用人手處理過高的垃圾，才可以把垃圾桶送上垃圾車的裝卸裝置。

有默契之餘，還需要有技巧。壓縮型垃圾車的收集垃圾口是一個持續擠壓垃圾的壓縮機，壓縮機很容易把卡住的垃圾袋擠爆，廢水和餿水就會溢出、彈到工友身上。「要打掣嗰位好醒目，你聽到『砵』一

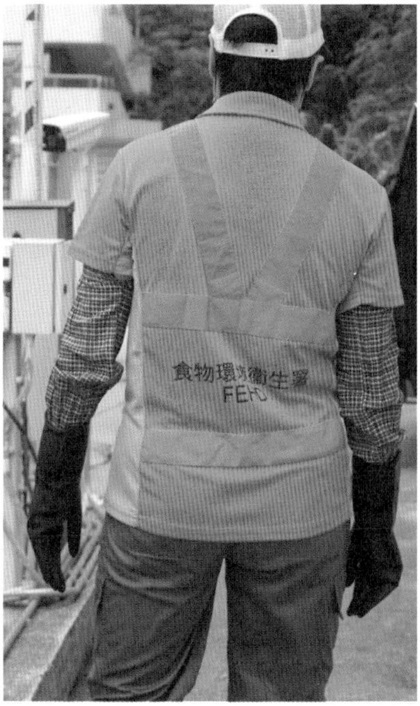

拍攝當日華姐急步走向其中一個收集點的背影

華姐負責推桶的同時，另外一位工友要協助打掣。

聲就要立刻揿停」，避免垃圾袋全個爆開。萬一垃圾桶沒有鈎好在起重架上，上落的時候會跌出來，砸到工友，垃圾桶落地時也很容易把地上的污水彈起。「成日都會搞到全身都係嗰啲好污糟嘅嘢，一定要帶套衫去換。有時一套都唔夠。」

清垃圾桶尚算有機械幫助，但包頭就需要全人手搬運，要花上成倍的體力。多數包頭都在車來車往的路邊，清理時，華姐和工友要穿反光衣，過程又要快又要小心。「係咁丟，你都睇唔切我哋丟包頭。嗱嗱聲，怕阻住人。側身紮馬就丟上去。」

在淺水灣、深水灣、壽臣山等的豪宅區，小路多，只有四噸車[12]才能進去；又因為是「高級」地方，不會放垃圾桶，變相有很多個包頭散站，清潔工每天要在斜路步行上落百幾次，四噸垃圾全部由人手丟上車。華姐說這幾條路線的辛苦程度在清潔隊很出名，「歌仔都有得唱：『七、八、九，做到嘔。』」在她六十歲那年就曾經做過「八線」，有六十三個散站，「我咁挨得，都做到膝頭哥都痛啊，後來無做就唔痛啦。」

清潔隊會在早上十時前完成兩條清潔路線，十五至三十分鐘小休後就會開始第三條，完成後回到垃圾站休息，準備下班。在一些外判工友眼中，清潔隊總可以提早休息，好像很輕鬆，華姐說「其實我哋提早一個兩個鐘頭返嚟沖涼食飯，抖吓，都係我哋爭取返嚟嘅時間嚟㗎，唔係偷時間嚟休息，唔係咁㗎，係我哋死搏爛搏搏返嚟㗎。」事實上，清潔隊的工作流程並沒有正式的午飯時段，變相他們只是把午飯時間延後而已。

她稱清潔隊為「死位」，「無人肯做，調唔到人嚟，無可能調我走。調我走，佢就請唔返人嚟做。好多人入到嚟之後都辭工唔做啦。咁辛苦，佢見到工作情況咁樣都做唔慣，同事轉完一批又一批。」

身體重創第二擊

在二〇二一年八月，華姐發現自己的排便不太順暢，大便有血，就去賽馬會普通科門診檢查。醫生立刻寫紙轉介她到瑪麗醫院，可是她覺得瑪麗醫院太遠，就去了東區醫院求醫，醫生又立刻寫紙，要她去私家醫院做磁力共振和電腦掃描。華姐覺得應該不是什麼大毛病，還問醫生可不可以在公立醫院照，但見醫生那麼著急，最後都決定去私家醫院做詳細檢查。

「我當時唔知道係癌症。不過都好嚴重，兩隻腳兩條筋，屁股到腰骨一路落嗰兩條大筋。好痛，行路都痛，（嚴重到這程度）我先去睇醫生。醫生佢話你早啲要嚟睇啦，哝家差啲就要擴散啦，你再遲就無得醫。」原來華姐的直腸癌已經到了第三期，有一個很大的瘤塞在直腸裡，筆者聽到華姐描繪自己的身體情況，真的想像不到華姐是怎樣帶著疼痛的身體做清潔隊的工作。當時華姐的清潔隊負責做華富邨，推桶的工作佔多數，不需要跑很多個站，算比較「好做」，但仍然需要一定程度的體力。

二〇二二年九月，華姐開始接受治療。當時，香港的新冠疫情尚未平息，為華姐入醫院帶來很多不便。起初的治療方式是連續五天的電療，期間不能住院，需要天天往返醫院。電療的後遺症令華姐整天都肚瀉，甚至要去醫院打針止瀉，住院吊鹽水補水分，沒有發燒就要出院。華姐雖然患重病，但一心仍然想著工作：「電咗五次，諗住以為無咩嘢，返得工㗎啦，誰不知返唔到工。精神狀態好差，開始好弱，電完療一路係咁瘦，係咁病，瘦到好得人驚。」

電療完結之後，等著華姐的是化療，每隔兩星期一次，總共六次。原定化療完成後，華姐就要做手術，可是化療期間，華姐的身體出現不良反應，瘦了幾十斤，白血球太低，紅血球過高，化療做了三次就要暫停了。觀察了三個月後，醫生說她不適合化療，建議直接做手術。

手術後，華姐身上多了個永久性造口袋[13]，需要留院一個月觀察、休息，「我好堅強，好硬淨，喺醫院呢醫生都話我做得好。我做完（手術）一個星期，我就落床慢慢郁一郁，試吓行啦，我戴住很多喉，血喉尿喉。」出院後，她也只能在家療養。

華姐的後遺症很嚴重，一直肚痛，「痛到幾乎暈低」，經常出入院。雖然醫生說只要多休息，多點吃東西，做做運動，增強抵抗力，就會漸漸復原，但華姐手術後胃口不大，其實吃不下什麼。復康期間，洗傷口怎樣洗也洗不好，也困擾了一段時間。

治療癌症期間，華姐要處理的事，還有請病假。「我做咁大個手術，到咗五個月之後，佢就唔肯寫假期畀我。」當時，華姐的傷口還很痛，有時痛到走不了路，傷口不時有黃色的水流出，根本不能工作。在醫院開的病假放完後，華姐去政府診所求醫，希望可以繼續獲得病假，好好休養，不過醫生開的病假由七天慢慢減至兩天，她需要每隔一天就早早去診所排隊看症，令她非常憂慮。最後，她只好找手術的主診醫生幫忙，醫生前後為她開了三次二十天病假，又吩咐她要多休息。到了手術後第六個月，華姐的肚痛就突然間停止了。她再把自己一直以來累積的補假[14]和未放的公假放了，休息多一個月，就漸漸復工了。

「做到就做」

經歷過那麼多，現在子女已經出身，華姐終於可以過得悠閒些。每週的休息日都可以多睡一點，做做運動，去飲茶，買菜回家煮飯、煲湯；又會計劃去哪裡玩，出去走走，子女又會帶她外遊。她也多了關心自己的身體情況，以前帶飯會「叮飯」，現在就改用蒸飯。身體一有不適或者疼痛，都會先看醫生。

華姐在不同生命階段都要照顧不同的人，工時又長又辛苦，現時年紀大了，有沒有留時間和空間給自己？華姐就笑言沒有，又帶點驕傲地說：「唉，都唔知點解自己咁挨得，我都唔明，我真係好挨得嘅！」

最近，華姐又被安排到另一條散站多、需要丟包頭的車隊，但無論如何，華姐都希望她在政府委任清潔工「退休」[15] 前的兩年，工作能平安順利地度過。不過，對她來說，「退休」只是公務員工作的結束，並沒有停止工作的意思。她打算到六十五歲後，繼續在家附近找清潔相關的兼職工作。雖然她現在時不時被腳痛和腰痛困擾，但她仍然語帶著輕鬆、滿有活力地說：「每日做幾個鐘啫，做到就做。」

快手快腳工作完一輪，華姐終於可以停一停，歇幾分鐘。

1　一孩政策是中國伴隨著改革開放的人口及生育政策，意味「生育」被列入國家經濟和社會發展計劃中。一九七八年，五屆人大第一次會議中通過「國家提倡和推行計劃生育」，後來，又發了「六十九號文件」，「提倡一對夫婦生育子女數最好一個，最多兩個，生育間隔三年以上」。政策最終於二〇一五年取消。政策和中國傳統的「多子多福，養兒防老」等的概念矛盾，亦直接影響農民生活，在執行政策時的鬆緊其實視乎官方的黨派立場，及不同地方的計生部門如何接收和執行政策，令各處鄉村各處例的情況發生。

在一九八二至八三年間，當時國家計劃生育委員會主任錢信忠提出了「一胎上環，二胎絕育」，一孩政策就推行得很嚴格和絕對，很多婦女都被迫上環（強制於婦女子宮內放置節育器）、絕育，或者強行進行人工流產手術。一九八三年年底，錢信忠被免職後，政策又開始變得寬鬆，前後分別有推行過「雙獨二孩」（允許雙方都是獨生子女的夫婦可生育兩個孩子）、「一孩半」（適用於農村戶口的夫婦，如第一胎為生理女性，可選擇生育第二個孩子；而女兒會被稱為「半孩」，都反映出中國重男輕女的程度）。

2　「獨生子女證」，全名「獨生子女父母光榮證」。由國家簽發給「自願終身只生育一個子女的夫妻」，是市民向國家承諾終身只生育一個子女的承諾書。有說法指，「獨生子女證」的性質是對國家作「一生一世的承諾」。獲得「獨生子女證」的夫妻，按照有關規定可享受獨生子女父母獎勵費及一次性養老補助。隨著一孩政策的取消，「獨生子女證」亦陸續停辦。

3　當時華姐工作的地區換了外判清潔公司，外判公司標書上列明工友工時上限十二小時，令華姐不可能再早晚各做一更清潔工作，需要把夜更清潔變成兼職，以減少工時。

4　食環處二級工人的主要職責分為四類；應徵時，申請人並不能指明職責意向：

(1) 公眾潔淨職務，例如清掃街道、在公眾地方收集垃圾／廢物、清洗街道、清理集水溝、清糞服務、潔淨公眾廢屑箱，

(2) 移走／處置屍體，即俗稱的「執屍隊」；

(3) 墳場／火葬場相關職務，例如運送棺木、處理經火化的人類遺骸、在墳場協助撿拾骨殖或相關工作；

(4) 防治蟲鼠職務。

5　體能測試分為兩部分，一是搬運重物，二是推車仔。重物有二、三十斤，用來測試工友的體力和搬運姿勢。推車仔需要工友繞過路線上的車輪，測驗他們在不同路況上的運輸能力。

6　面試在體能測試兩個月後進行。因為不同職責涉及不同部門，考官有五位之多。面試時會問應試者對於不同職責的觀感，例如「如果叫你去執屍你去唔去？」「做唔做墳場清潔？」等等，了解應試者意向。

7　按華姐的說法，最終受聘職位全由食環署編配，工友不合心意就只能選擇不做，不可以申請調組。

8 二級工人的薪酬根據公務員第一標準薪級表，可以由第零點升至最高第八點，月入過萬元。

9 公務員和外判清潔工一樣，一星期有一天假期，但年假就比外判多七天，共有十四天，亦享有公眾假期，而外判清潔工只有勞工假期。

10 二級工人每星期工作四十五小時（一般為六天，不包括午膳時間），平均每日七點五小時。

11 二〇二四年開始，食環署規定司機需幫手清潔隊工作。在這之前，會否協助清潔隊完全視乎司機個人意願，工友需要獨自一人推動六百六十公升的垃圾桶（約高一點二米，闊一點三米 × 長零點八米）。

12 清潔隊用的垃圾車通常是十八噸和二十四噸車，容量少四至六倍。

13 造口又稱為「假肛」。直腸切除後，手術會把結腸縫於腹部，讓糞便可以從這個新開口排出體外。因為這個開口不是肛門，沒有括約肌控制，病人沒有排便的感覺，排泄不能隨意志而控制，所以需要在造口的位置貼上造口袋，以收集排泄物。

14 非常偶然的情況下，食環署會因人手不足，而問工友能否替更。替更不會給予額外工資，只可安排補假。他們會提早一個月詢問工友，工友可按自己意願決定替不替更，不會有壓力。華姐說她每次都「唔會托手踭」，曾多次在日間工作完結後，就緊接替夜更工作。不過因為工作人手不足，華姐沒找到機會放補假，沒想到會以這個方式把補假放了。

15 二級工人採取永久聘用制度，規定退休年齡為六十五歲。

經歷高低，望苦盡甘來——芳芳的拚命人生

受訪者：芳芳（化名）
訪問：蕭朗宜、靳嘉宜
書寫：蕭朗宜

芳芳今年已經六十多歲，但她仍然一日打兩份清潔工，早上一份港島公園外判清潔，下午一份港島外判掃街。第二次訪問芳芳是在一間連鎖美式快餐店，當時大約是五時半，是她晚飯前的休息時間，在場還有一位和她熟悉的社工。她形容自己是「工作狂」，另一位社工形容她是用盡時間來賺錢的人，平日要找她也不容易，連自己身體健康也不關心，這兩次肯花時間來接受訪問，已經是很大的轉變。了解她的故事越多，就會慢慢明白這個「工作狂」是怎樣「育成」的。

由什麼都沒有，到做了老闆

對於之前的生活，芳芳並不想提太多。她用隻言片語提到年輕時曾在內地生活，家人身教她人不分貴賤，「唔好睇低人，又唔好睇死人。」在未結婚之前，她已經對建立家庭有一個想像，因為她小時候家庭狀態不理想，所以希望自己的家庭可以好好的；又因為自己不識字，就希望將來小孩可以讀上大學，有一個好的前途。後來，她和在香港生活的先生相識，結婚，直到一九八九年，她三十多歲，兒子出生，才搬來香港生活。

芳芳形容自己剛剛來到香港時什麼都沒有，她的丈夫也是什麼都沒有。她初來港的落腳地是港島的分租房屋，和現今的劏房不同，廁所和廚房需要和其他住客共用，自己的房間大約有三十呎，月租一千三百元，住了十年，到搬走時租金漲價到一千五百元。

在親戚介紹下，芳芳開始了清潔相關的工作。最初是在港島的商業大廈做全職清潔，上班時間是晚上，除了一般拖地、清潔大堂，還需要清潔廁所，薪金約五千元一個月。當時兒子很小，芳芳會帶著他上班，有時背著他，有時會讓他在清潔工的清潔房內休息、睡覺。收工後又要趕回家煮飯，比起之前在內地的生活辛勞很多，用芳芳的說法就是「好捱」。

一九九三年，她的親戚承包了港島半山一幢屋苑的清潔工作，邀請芳芳幫忙。芳芳形容自己工作很勤力，「死做爛做」。不久，工作地點對面的另一幢住宅請人做清潔，芳芳就去了。她還記得當時試用期月薪是九千五百元，過了三個月試用期，月薪加了一千元。兩年後，承包大廈清潔的老闆不做了，就叫芳芳自己成立公司，把清潔工作轉移到她公司名下，芳芳由僱員變成老闆，沒有老闆抽走介紹費，月薪有一萬八千元，當時來講是一個非常可觀的收入。芳芳一直在同一幢住宅做清潔，直到二〇〇九年。

老闆的作息

雖說芳芳的月薪高，但一直以來都沒有加薪。丈夫和她一起工作，有時會替住客抹車去賺取外快。換句話說，芳芳的收入其實就是全個家庭的總收入。

工作時間非常長，芳芳說她當時每天只有三個小時的睡覺時間。半夜三時就要起床，和丈夫坐的士到工作地點。直至早上七時這段時間，他們要抹好全大廈住客的私家車，走完二十層樓梯，處理四十個單位的垃圾（即俗稱的倒樓），並和工作上有長期合作的司機接洽，送走垃圾。到了早上七時，芳芳又要跑回家，準備全家的早餐，之後準時九點把兒仔送到工作地點附近的幼稚園。之後她有一段小休時間，會回家吃早餐，有時還可以小睡一會。休息過後，就回到大廈，開始恒常清潔，逐層樓拖地，清潔大堂、抹升降機、抹門，把所有地方都清潔乾淨。到了下午四時，芳芳就要去幼稚園接兒子放學，帶他到工作的住宅，等兩夫婦放工就一起回家。有時工作上需要出出入入，例如去幫助洗水缸，她就會和丈夫分工，一個工作，一個看著兒子。芳芳需要一邊兼顧巨大的工作量，一邊照顧兒子和家庭，她說：「所以我咩都唔驚就係咁囉。」可是這種忙碌，「死做爛做」，曾經令芳芳滑了胎。在一九九八年，她再懷孕，生了細女。

受歡迎的清潔工

芳芳說她清潔的工作做得好，「業主好鍾意我，個個林太（化名）前林太後，好開心㗎。」經常有住客送東西給她，小至早餐，大至開工廠的住客會把公司的衣服樣辦送給她，所以小朋友都不用買衣服；又試過有年中秋節，她收到二十六盒月餅，多到她要派街坊；新年收利是可以收到一萬六千元，差不多是一個月的人工。芳芳說住客對她太好了，所以保安會呷醋，不喜歡她。

在她工作期間，見過很多生命的無常，令她「個人睇開啲」。她見過有個住客為人好好，又漂亮，但突然確診癌症就離開了；又有些很有錢的住客，投資了雷曼兄弟，一晚失去千幾二千萬；又有一位曾封一千元利是給她的闊綽住客，有次去旅行，飛機失事，就一去無回了。

她這樣總結她的得著：「所以我始終話，總之做人要知足，知足就覺得開心，做事唔好斤斤計較。做事我一定要專心做好，我唔鍾意話隨便就算，啲人有眼見，會認同你；如果你做事奸奸狡狡，啲人都會知道你靠唔住㗎。」

由老闆變回打工仔

當時芳芳工作未滿兩年，就已經儲到三十萬，當時港島唐樓單位首期都只是二十多萬。她說：「覺得嗰時搵錢好輕鬆，好似好容易搵到錢。」所以本身她也有買樓安居的打算，不過丈夫想嘗試自己做生意，用了全家的積蓄，可惜失敗收場。後來芳芳雖然繼續努力儲錢，不過丈夫理財不善，和工作住宅的住客關係不好。住客們就勸芳芳，說既然清潔公司是她的，不如她另聘伙記去代替丈夫的工作，不過因為芳芳和丈夫合作無間，覺得要和其他人合作未必順暢，所以就決定辭去多年的住宅清潔工作。

那時她的女兒剛剛升中，家裡需要錢，她就開始打起幾份工來，有做過連鎖美式快餐店兼職，也有找其他清潔公司的工作，有時一天身兼兩至三份工作，最誇張的時候每日總工作時間長達十六小時。

在二〇一八年左右，芳芳找到一份餐廳兼職，後來覺得待遇好，就轉為全職工作。當時餐廳生意很好，所以人工也不錯，月薪一萬六千元，加上加班費就有一萬七千元。芳芳說老闆對她和員工很好，旅行回港都會給他們手信，工作愉快。可是因為二〇一九年的社會風波影響，餐廳的生意一落千丈，有段時間員工上班都沒有什麼可做，只好「拍烏蠅」，坐著呆等，但芳芳卻主動走到街頭，為餐廳派傳單拉客。「我諗落自己都幾好，」芳芳豪氣地說：「我見佢哋無生意，嗰心又唔舒服，我唔想佢無客，個個都話『你落去做乜鬼，由得佢啦』，但你打得人啲工，都希望老闆好啊。」

可惜痴心錯付，餐廳生意不好，開始拖欠薪金，「佢收埋都唔夠畀伙記，有啲人半個月、半個月咁出糧。」但餐廳只會先支薪給職位高的員工，如經理、主任，好像芳芳一般的伙記就繼續拖字訣。

在欠薪期間，芳芳家庭的經濟狀況也不理想，女兒還在學，丈夫和兒子都失業。工作時看著別人大魚大肉，而自己就因為欠薪而憂柴憂米，芳芳形容當時真的很淒涼。有一天，餐廳來了一枱豪客，他們點了很多酒和食物，臨走時給了招待他們的芳芳七百元小費，芳芳不禁落淚，「我唔係話好恨錢，而係打工嗰度無糧出，嗰七百蚊對我好有用。」

直到第四個月，芳芳終於決定去追討欠薪。然後才發現，原來僱主一直沒有為自己供強積金，又因為還差十五日才做滿兩年全職工作，不符合獲得遣散費的資格。芳芳雖然至今仍然覺得，老闆若非因為不景氣也不會拖欠薪金，但就算沒有那場社會事件，老闆事實上也一直沒有為她供強積金。只是因為生意太差，追討欠薪之下，才變相「提早」發現，而若非被欠薪，芳芳還打算一直做下去。追討欠薪的過程很漫長，芳芳特意停工三個月，就為了頻繁地去勞工處和勞資審裁處，處理煩瑣的手續和聆訊。後來，勞工署聯絡她，說因為僱主無力還債，

芳芳經歷多年工作後被曬得黝黑及粗糙的雙手

她只可以向勞工處申請破產欠薪保障基金特惠款項，最終只拿到上限保障額三萬六千元。

繼續清潔工生涯

之後，芳芳在朋友介紹下，開始做起外判清潔工的工作，直到現在。最初開始掃街時，要手拿大掃，芳芳十個手指頭都起了水泡。她說每個工友初入行都是這樣，和有沒有技巧無關，過了 個月後水泡變成繭，就不痛了。現在手指頭厚了，又懂得用力，就好多了。

雖然女兒剛大學畢業，找到工作，但芳芳卻沒有減少自己的工作量，一天十五小時都在外工作。公園清潔由清晨開始，工作九個小時後，她就下班坐車到另一個工作地點， 去到就開始外判掃街工作，這份工作只准工友於正式放工時間才可以簽名「打卡」，證明沒有提早放工。回到家已經是十一時了，雖然芳芳在工作時會少食多餐，放飯時間也會簡單吃個麵包、白粥腸粉，但體力消耗大，回家後芳芳會再吃晚飯，幸好現在晚飯都由丈夫準備，買餸煮飯一手包辦。芳芳說雖然看上去工作時間長，但實際需要工作的時間不多，例如掃街的工作，它是分兩輪的，只要快手做完第一輪就可以回去休息，等公司晚飯時間過後才開始第二輪。而芳芳會盡快把街道掃好，壓縮在一個小時內完成，就可以有差不多一小時的休息時間，然後才到晚飯。不過，休息時間的長短原來都視乎運氣，之前芳芳被安排到另一個地點工作，那是一個豪宅區，要負責的範圍大，樹又多，情況就完全不同了，落葉掃之不盡，四小時的工作時間，就要做足四小時。

與住宅清潔工博弈

在公園做清潔的頭三年，芳芳每早要處理的垃圾竟然有三部手推車分量。近來，她才覺得奇怪，為什麼一個公園會有那麼多垃圾？因為公園是康文署管理的，所以她就向康文署職員解釋情況，要求署方搬走其中一個垃圾桶，希望情況會有所改善。誰不知垃圾桶是搬走了，垃圾的情況卻沒有改善，芳芳覺得生氣，說：「根本唔可以咁樣丟垃圾，你依度係公園嚟㗎嘛。」

原來，公園垃圾桶的垃圾大部分都是家居垃圾，「家居垃圾都無所謂，你屋企一包半包丟出嚟都無所謂。但原來隔籬嗰個包咗成座大廈（大廈清潔工作的人），佢收收埋埋就掉落嚟公園。我嗰時谷氣，就同康文署嘈，嗰個康文署小姐話我捉唔到人，叫我捉人，我都收咗工啦，點捉啊？」雖然芳芳覺得康文署的講法很無稽，但因為「條氣好唔順」，就決定提早上班看個究竟。那晚是不眠夜，因為芳芳放工回到家已經是晚上十一時，到凌晨二時才可以休息，所以她不敢睡覺，怕起不了床，就張著眼等到四時，再坐頭班車去公園。去到就發現原來是一對母子，正上樓收垃圾，因為芳芳也有自己的工作，所以只能拍到他們上樓的情況，沒有拍到他們扔垃圾到公園的瞬間，她把相片拿去康文署，但康文署說那張相片不能作證。之後芳芳都不指望康文署會幫忙，開始用自己的方法去處理這個困擾。

之後每逢見到有家居垃圾，芳芳都會打開，如果發現裡面有那幢大廈的地址，就會把它們送回大廈門外，「佢死死地氣咪要丟，如果你唔丟，再搬嚟公園，我就繼續丟返去你門口，由得你啲客睇到你原來係咁處理自己嘅垃圾嘅。因為你客人畀錢你，就唔應該咁樣做，唔可以咁自私㗎，佢應該叫車嚟接走啲垃圾，或者自己推去垃圾站。」

或者住宅清潔工也怕了芳芳，他們開始把垃圾丟到路邊食環署管理的垃圾桶內，有時垃圾桶滿了，就放在垃圾桶旁。負責的工友只可以上報食環高層，高層到場也只能拍照記錄，但沒有辦法制止這個情況出現。有一天，掃街的工友跟芳芳說：「阿姐阿姐，我學你。」原來她把兩大袋垃圾，明知當中有些不是住宅清潔工丟出來的，都一概搬到住宅門口，最後住宅清潔工就「死死地氣」地自行把垃圾搬去垃圾站了。

「我哋家先發掘到我自己嗰種聰明啊，」芳芳笑道：「三年搬垃圾搬到我x街，幾可憐啊，哋家只係得一車垃圾啫。啲人都話阿姐好，我都幾受街坊歡迎，因為我同佢搞到乾乾淨淨，佢丟垃圾喺公園，你話幾污糟啦。」芳芳的街坊緣真的不錯，情況有點像她以前做住宅清潔，有些街坊不時會請她飲咖啡或者小吃（例如蝦餃），她理解這都是因為她專心工作，大家有目共睹，賞識她。

不過她又說，自己這種認真只有老闆或者管理層會覺得好，同事未必喜歡。有同事跟她說：「駛鬼做得咁好咩。」她理解是自己的努力拉高了整體的水平，令其他同事不能馬虎。不過芳芳很堅持自己的做法：「人工還人工，你出嚟做事，一定要做好，做人應該係咁㗎嘛，我成日都係咁教仔女㗎。一係你唔好做，你做你就一定要做到好。唔係叫你一百分，你可以做八十分，八十分都算係好啦，係唔係先？你又唔好做一半，一半唔係標準嚟㗎嘛，你做

芳芳工作時的好拍檔——掃把及手推車

壞自己手勢，將來自己慣咗，到你做老闆時，你隨便，人哋會仲求其過你。係㗎，你做管理層都好啦，啲人總之就係睇住你嘅。」

不是逢清潔工就要處理一切垃圾

在工作上，芳芳有自己獨特的見解和界線。

下午的掃街工作因為在鬧市，附近有很多店舖和住宅，過程中會遇到更多人和瑣事。有時見到有巨型垃圾，例如大木頭、泥頭，雖然處理巨型垃圾不是芳芳的工作範圍，但她也會拍照傳給上司，「我有咩就影咗佢，起碼保障自己先。二嚟，我同人哋講，人哋先知，唔駛等佢上去巡先見到，大家都好，順個手，係唔係？無所謂。」

但又不是所有事情都可以「順個手，無所謂」。曾經有一位裝修師傅問芳芳和與她「孖檔」的工友，可否幫他順手送兩塊板去垃圾站，他會向他們付處理費。本身芳芳的伙記想答應，但芳芳就一口拒絕，事後她千叮萬囑吩咐工友不要幫他丟垃圾：「佢哋家畀咗錢，第二次再嚟搵你就唔會畀錢你㗎啦，你唔丟呢，就鬧你。」這個判斷是從她其他清潔工作經驗得來的。

每個垃圾桶都有標示，提醒街坊不能棄置垃圾在旁。

當芳芳見到有人把一包包垃圾放在垃圾桶旁，她會罵他們，叫他們不要亂丟，這個情況如果被食環署職員拍下來，是需要罰款的。最近令她困擾的，是她發現有一間餐廳會把又濕又重的茶渣丟進路邊垃圾桶，因為太重，每次換膠袋時，一抽起膠袋，膠袋就破了，她要用手撿拾漏出來的垃圾，十分狼狽。有次她遇上餐廳工友丟茶渣，終於忍不住跟他說，不要再把餐廳垃圾丟出垃圾桶了，要自己處理，後來同樣情況就減少了。芳芳說其他工友應該也差不多，時不時聽到工友抱怨：「唉啊，嗰個死嘢啊，整日都係佢丟出嚟。」她又說，有時街坊應該自知理虧，所以會等工友或者食環署職員走開才丟垃圾，而芳芳的處理方法是認住那個是什麼垃圾，推斷它從何而來，一見到類似的人丟相似的垃圾就會罵他們。這樣看，芳芳好像「清潔警察」，但其實如果店鋪不自己處理好自己垃圾，把垃圾放在垃圾桶外，都會增加清潔工友不必要的工作負擔。

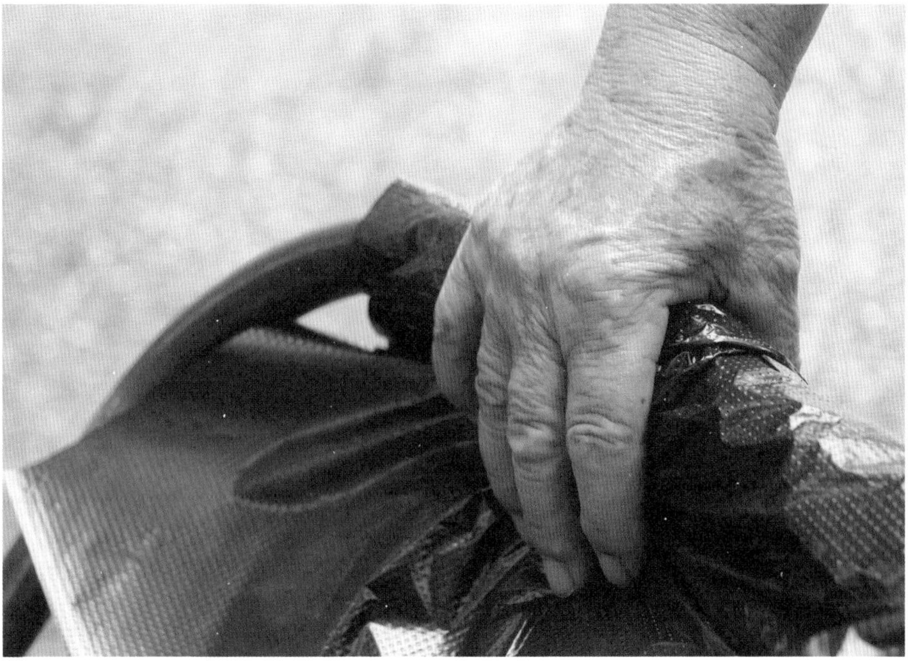

芳芳向我們展示她的雙手，半開玩笑地說：「哎呀！真係肉酸。」

「苦盡甘來，就希望啦。」

芳芳的長工時，令她現在每天都只能睡四個多小時，她說長期是這樣，已經習慣了，放假就會「瞓餐飽」。言談間，我們表示清潔工的工作很辛苦，要日曬雨淋，又需要有一定體力等，但芳芳都會否定我們的形容，說有其他工種（例如地盤工）比清潔工辛苦，或者說現在她的工作已經比之前的輕鬆，天氣難受的只有幾個月等等，表達她很滿意現在的生活。她這樣形容自己工作的意義：「老實講，如果無人做啲工作，（香港）咪成個臭港，係唔係啊？」

她很享受自己現在不用靠子女養活，講到做到，沒有收子女的家用，反而希望子女有多點錢傍身。她的丈夫現在做夜班工作，所有家務都由他一手包辦，讓她可以安心出去賺錢。她形容子女長大了，都聽教聽話，她兒子對她說：「媽媽，將來我哋會過得好㗎。」令她覺得很安慰，「我話我哋家最開心㗎啦，做一個幸福嘅女人。苦盡甘來，就希望啦。任何事我都唔驚，我覺得知足，同埋嗰人心地好，就夠㗎啦。」

後記

越談越發現，芳芳是一個認真、有原則又有堅持的人。她不放過別人的同時，也不會放過自己。迎難而上、不希望被看輕或欺負的背後，有著不方便透露的委屈和後悔。訪問時，有兩個深刻的片段：

我們為了查證某個年份，就問芳芳的女兒是哪年出世。想不到，芳芳呆了幾秒，然後以自責又帶點驚慌的語氣說：「我唔記得咗，我唔記得咗阿女幾多歲。」那個悔疚的表情我現在仍然歷歷在目，後來她才緩緩地說：「好似係九八。」那一刻我鼻子酸了起來，難掩歉意，沒想到突然就問中了芳芳的痛處。當年她「死摶爛摶」地工作，沒日沒夜，也許真的會忘記時間流逝，分不到哪年哪月哪日。

接近訪問的尾聲，見芳芳說她的生活好了，就問她有沒有什麼事情是一直想做未做，現在可以有空間做的呢？她回應說，本身打算供女兒讀碩士，但女兒說不讀了，所以現在就想為兒子結婚作準備，儲一筆錢給他。我追問：「咁你自己呢？」

「我無諗自己，咁耐都未諗過自己。」

「可以諗吓啦哝家。」

「我根本唔需要諗。」

我沉默了。

仔細觀察，主動關心——由揸筆到揸掃把的玉姐

受訪者：玉姐
訪問：張智健、張詠儀、蔡蒨文
書寫：張詠儀

一位街坊行過說道：「呀事頭婆，我想問點解隔籬間配鎖匙無開嘅？」

玉姐立即反應：「我唔係事頭婆，我附近打工㗎咋——間舖點寫？係咪休息呀？」說著，玉姐便起來帶那街坊去旁邊的鎖匙舖一看究竟。

這是一件發生在第二次訪談那天早上的小事。那時，筆者、玉姐和明愛同事坐在玉姐工作的大廈商場走廊（在一間紙紮舖對面），一邊聊，不時有大廈住客或是商戶經過，玉姐看到他們都會寒暄兩句：「食咗飯未呀？」「依家去邊呀？」不只如此，連街坊的作息習慣以及生活近況，玉姐也似通曉一二——「依家去飲茶呀？」「阿仔發燒好返未呀？」

玉姐是一名清潔工，在葵興光輝圍一舊式商住大廈工作，負責處理住客的家居垃圾及地面商場空間的清潔工作，朝八晚五，一週六天，是存在感極強的單幢大廈清潔工。

玉姐好像跟每個經過的人都認識，街坊也知道她叫「玉姐」。筆者好奇地問玉姐，她為何記得大部分街坊的名字，玉姐只開朗地笑道：「哈哈哈哈，記得、記得㗎，要有記性，同埋要有『heart』！」到底玉姐所指的「heart」，是怎樣的一種社區態度呢？這種態度對她的工作以及所服務的社區，除了帶來整潔環境以外，還有沒有其他？實在引起筆者強烈的好奇。

幼兒教育職涯

玉姐一九六〇年在香港出生，一九七八年中五畢業後，再讀了一年多商科。期間，朋友開了一家幼稚園，邀請她兼職教小朋友[1]。玉姐最初只是在幼稚園兼職，後來轉為全職，並完成了十二星期的在職培訓，成為了正式教師。廿年多的幼教職涯中，輾轉待過幾間幼稚園及幼兒中心，可算得上是駕輕就熟。

「以前喺幼稚園、幼兒中心做過老師，一班有十五或三十個小朋友。爬吓爬吓嗰啲就要照顧多啲。識得行嗰啲，就要講多啲，同佢講，你可以做咩、唔可以做咩，要講明。」

幼稚園一日的流程大致是：主題、音樂、體育及講故事時間。幼稚園由早上八點開放，閉園後，老師還有不少準備工作。做幼稚園教師，每天準備教材之前，還有大大小小的會議，要討論並決定好主題，有什麼內容、活動、教具要準備。

玉姐回憶起那些青春歲月的工餘時間，在中學同學介紹下，還參加了樂行童軍（成人參與的童軍支部），每星期平日晚上一次集會，週末有時就出外活動。一班年輕人一起去野外露營，做領袖，帶幼童軍參加活動，教導不同童軍技能：繩結、用玻璃膠製作標本、野外定向等，「果陣時真係幾開心㗎！都係我最開心同難忘嘅時光呀！」

生涯轉捩點

二〇〇〇年，香港政府頒佈《香港教育制度改革建議》，要求「所有新入職幼師必須修畢一年的職前合格幼稚園教師課程」，玉姐面臨職涯甚至生涯的轉捩點。

為了成為合資格教師，朝七晚六的工作結束後，玉姐就要趕去香港教育學院（即現時的香港教育大學）上課，當時還正值教學工作開始電腦化的時期，要一時間適應兩個系列的全新工作，倍感困難。「放咗工，仲要做下一日上堂嘅準備，仲要返學院，返第一堂，咩都未教，已經畀最後一堂要交功課嘅嘢你，返完學院仲要考試，仲要寫教案，仲唔只寫，要入電腦，開頭用電腦嗰吓，我係唔識嘅，倉頡都要學，學吓學吓速成都得喎，跟住係新速成……」來自工作與課業一浪接一浪的壓力，玉姐的身體開始承受不住，最後出了毛病，需要時間休養，未能繼續學業。

到了二〇〇七年，香港政府推行學前教育學券計劃，更要求「所有在職幼稚園教師將會在二零一一／一二學年完結前取得幼兒教育證書」。「迫住你做好多嘢，但又好似無得到咩認同咁，真係覺得好氣餒。」加上身體狀況，令玉姐不得不考慮轉行，丈夫也支持她去嘗試。

「開頭係唔捨得唔做呢行，做咗咁多年，所以唔做之後一段時間都係幾 down。」

玉姐之後做過很多不同的工作：車行入油、洗車、文員、在普通及服務智障人士的老人院做照護。後來也試過在學校、戲院及工廈當清潔工。

最後找到德昌大廈的清潔工作，可謂機緣巧合。當時玉姐與先生及兒子住在光輝圍，有天她和丈夫在家附近吃完早餐，散步到德昌大廈，看到一張廣告：「招日間清潔工，人工另議」。她便問丈夫好不好嘗試下，丈夫說：「你肯放得低咪去做囉。」

在德昌大廈的工作日常

德昌大廈位於葵興光輝圍，一九七三年落成，樓高

玉姐於德昌大廈地面商場

二十三層，有大約三百多個住宅單位。地面及一樓是一個舊式商場，現在一樓大部分空間是一間老人院。地面商場中，外圍的商舖面向街道，商場內有一條大走廊和一條打橫的小巷，形成一個十字。營業的商舖約十間，有餐廳、雜貨店、鎖匠、五金工程，以及紙紮舖，都是一些民生小店，也有些空舖，還有一個廁所。

大廈的日常清潔工作，一般有倒樓及公共空間（後樓梯、廁所、商場走廊）等的清潔。

「朝早開工，掃完（商場走廊的）地、拖地，咁跟住就洗廁所。因為早食早餐，所以都要早啲食飯。食完中午飯，掃樓梯，廿三層樓每日掃三分一，唔駛拖，因為每個月有一次外面公司嚟洗樓梯，不過一定要掃乾淨，唔好有煙頭剩。五點放工，通常我哋早少少已經換咗衫，啲街坊都知：『放工啦！』」「唔係好忙，但一定要做得乾乾淨淨，有時，自己因應吓，近排就新年，就會抹吓窗抹吓門，新年環境乾淨啲，人都開心、精神啲啦！」玉姐說，德昌人工不高，工作也不算繁忙，這些對環境整潔的要求，其實是來自她自身。

德昌大廈的清潔工作分早晚兩更，早更有兩名工友，其中一個是玉姐。玉姐的工作是清潔後樓梯、廁所及商場走廊，倒樓則由另一位工友負責，最後兩人一同將收集到的垃圾搬運到垃圾收集點。夜更有另一位工友，負責第二輪倒樓及清潔。早更同事曾因工傷無法上班一陣子，玉姐退了休的丈夫有一段時間來幫她忙，近期該同事離職，丈夫便成為了同事。

說起工作日常，其中一個煩惱是有關丟垃圾的設施——光輝圍內是沒有公眾垃圾站的。地圖顯示，最近的公眾垃圾站在打磚坪街，雖然步行十分鐘左右便可到達，但需要上斜路。幸好附近停車場有大型垃圾收集位置，不用每每把垃圾推上垃圾站。

倒樓的辛苦不用多解釋，不過有些事情為玉姐增添了額外的麻煩和困擾：有些住客會將未綁好的垃圾袋放在走廊，餸汁漏出來，弄髒地方。不過玉姐也會嘗試耐心溝通，「如果係見到佢掉出來，就會叫佢『小姐、先生，幫我哋綁返好個袋呀』，講得一次唔聽，第二次見到再講，講得第三次佢哋多數都會聽嘅，會知道要咁做嘅。」

耐心溝通之餘，有時還會加一點點的幽默。有一次，在一商舖後門發現老鼠屍體，玉姐靜靜處理好，細細聲跟店主說：「有隻『mickey mouse』攤咗屍喎，應該係肥果隻，哈哈！」

「有時咪講吓笑，大家都會明白和多加留意。」

玉姐有時也會賺些外快，例如有住客想丟棄大型垃

玉姐在後樓梯倒樓的工作照

圾，但又不想自己去，「咪畀少少錢，我哋就幫佢清，一百蚊一張床褥，覺得貴得滯，咁八十蚊啦，好似買菜咁樣！」筆者問及，賺外快的事讓外判公司僱主知道怕不怕？玉姐說，大家都知，街坊有需要，而工友又不介意就可以。

德昌的「兼職樓長」

玉姐說起工作時，不時會提到她有參與到或者留意到的社區大小事：

「今日樓上咪有裝修嘅，頭先發現，裝修工人換咗衫，用垃圾袋袋起，放喺走廊，畀人當垃圾抌咗，好彩未抌垃圾，搵得返！」

「樓上大約三分一係劏房啦，係嗎，前一排有一批人搵劏房，應該係嗰啲關愛隊啦？」

「你哋知唔知，之前咪有個南亞裔男仔電影攞獎嘅[2]，佢同屋企人都有住過德昌㗎！一家五口，阿哥好乖，細佬大個咗都似阿哥，都乖，仲有個細妹添，爸爸都好勤力做外賣呀！」

「保安話『六樓L座呀李太搵你』，我就『好』，上去睇吓咩事，跟住佢話有啲橙畀你食呀！」

筆者和明愛同事笑稱玉姐是「兼職樓長」，玉姐正經又輕鬆地回應：「樓長又責任重大啦，但我又真係觀察到啲嘢，係咪好似好八卦？但係你要了解清楚住戶需要㗎嘛，有咩背景、咩單位㗎嘛！好似左鄰右里咁幫大家忙！」

工作關係中涉及的人，不但有外判清潔公司的科文、大廈的住客及商戶，還有在處理垃圾的過程中，玉姐也需與社區內的其他持份者交往，例如收紙皮的婆婆，以及在附近大廈及商舖做清潔的工友。玉姐提到了「發哥」（化名），是附近一位同樣觀察細微及有事可與之商量的清潔工友。有一陣子，水務署在德昌大廈旁的街道進行工程，封了一段馬路，擺放垃圾桶的空間少了，影響到德昌及附近工友搬運及暫存垃圾的流程。發哥便與街坊商量，最後將垃圾桶暫時安置去另一個地方，解決了問題。「類似嘅問題都可以同發哥商量，因為佢知埞嘛。」

「我做過嘅嘢好多元㗎，做吓做吓做到清潔工人，但又好開心，唔係好似叫做高唔高尚，低唔低微嗰啲咁樣囉，我又覺得幾開心咁樣囉，係咪一個一百八十度轉圈？」雖然玉姐這樣說，但其實做教師和做清潔工，都要照顧其他人，要做得好，就需要仔細留意他人的需要。作為一個清潔工，玉姐沒有被要求待人友善、懂得觀察及回應社區街坊狀況，不過她卻主動地做了這些事情。這些觀察和貼心，讓她工作的社區更有溫度、有一種鄰里氛圍；同時，也似乎增加了工作的順利程度、被尊重和滿足的感覺。

在德昌工作了接近七個年頭，期間獲派公屋，一家由光輝圍搬了去梅窩。玉姐曾幾度離開德昌，其中一次去了喜靈洲懲教所做了六個月清潔工。雖然工作量多一點，但工資更高，且工作地點更近住所。可是，最後她還是決定回到德昌大廈做清潔工。每天出入梅窩的通勤時間，合共最少要三小時。「我每日諗到要返工，唔會覺得『唉吔，又要返工』，反而個感覺係正面嘅。」雖然中間斷了在德昌大廈的年資，但還是有例假。而且，是同事專門請她回去的：「如果係後生就要諗吓人工，不過哝家喺德昌係穩定、開心，同埋又有熟悉嘅街坊。」

結合今昔技能　參與公眾教育

玉姐在二〇二一年認識到明愛勞動友善社區計劃，經過和明愛同事的一些相處，多了對計劃的認識，參與了兩次社區計劃的公眾教育工作。第一次是中秋節時與丈夫在光輝圍遊樂場擺攤位，以遊戲方式教育附近街坊垃圾分類及回收的資訊，第二次是與丈夫去一間中學與學生分享工作日常。

「攤位個屎塔好似真㗎！同埋架車仔，用晒實物，好有 feel，啲人見到屎塔，我就教佢哋將湯汁分類！」「係幾好玩、幾嗰濟（有趣），不過唔夠人手！又要講解垃圾分類，整理攤位，維持秩序，下次要搵多啲人幫手，同埋諗吓點樣配合到『中秋』多啲。」她一面正經向明愛同事進行活動後檢討：「以前幼稚園每逢節日搞活動，同埋做童軍果陣都有攤位遊戲，所以我好有經驗㗎！」那次攤位活動過程雖然忙碌，不過看到街坊投入活動，玉姐都覺得是一次充實的經驗。

而說起到校「真人圖書館」分享，玉姐更興奮：「佢哋叫我哋做『馮姑娘、郭 Sir』，哈哈哈哈！同班中

玉姐和先生在社區教育攤位，以遊戲方式教導光輝圍街坊如何友善地倒垃圾。

玉姐在鄧鏡波書院向同學分享工作心得

一生介紹自己嘅工作，開頭見佢哋傾偈，覺得佢哋好曳，但後尾問問題又有答，又有反應——好似有啲返以前教書嘅感覺。」當日，玉姐與丈夫到中學介紹倒樓工作的日常，其中分享到自己工作的喜與悲，她認為最難得的，是能讓學生學懂如何尊重清潔行業工友。「我返工最唔開心就係啲人行過自己揞住個鼻，最開心就係有人見到自己叫聲『早晨，辛苦晒！』」玉姐相信中學生能意會到，然後在日常好好實踐。

活動最後，同學寫了心意卡送給玉姐和她丈夫。「多謝玉姐同安叔叔今日抽時間同我哋分享呀」、「多謝你為香港清理垃圾」、「不要忘記多喝水」、「多謝你哋努力，係有人見到㗎！」玉姐再看當日活動的記錄，表示收到同學的小卡，她和丈夫都相當感動，「好開心，佢哋都識得尊重清潔工人！」自己的辛勞與成果被看見，是一種很正常的需要，「其實唔只清潔工，返其他工嘅人都一樣㗎！」

「佢哋之後點樣做就唔知啦。」玉姐似乎在心中也期望和好奇，到底這一次小小的課堂活動，有多少會留在學生心中，會留多久，又有怎樣的影響呢？

---

1 一個有趣的發現：香港官方第一本幼兒教育課程指引《幼稚園課程指引》，是在玉姐入行後幾年的一九八四年才編印及出版的。

2 玉姐說的是在電影《白日青春》飾演莫青春（哈山）的巴裔少年林諾，在第四十一屆香港電影金像獎獲得最佳新演員獎。

第五章 工友的匠人心法

做清潔也要讀書進修——溫柔的藥師昌哥

獨自工作的無奈與樂趣——從自由到自在的坤叔

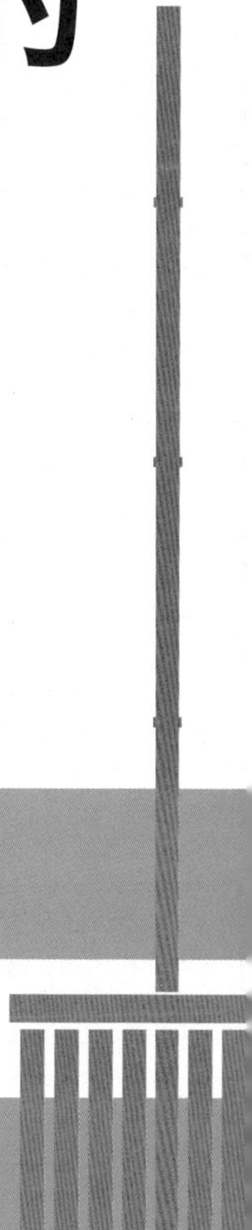

做清潔也要讀書進修——溫柔的藥師昌哥

受訪者：昌哥
訪問者：蕭朗宜、楊家昇、蔡蒨文
書寫：蕭朗宜

工作關係，昌哥時常都會日曬雨淋。第二次訪問昌哥時，已經是春天，陽光普照，而他的皮膚也比之前見到的更黝黑。七十歲的他看起來還很有魄力，身體紮實，中氣十足。聽昌哥說話，語氣很生鬼，有著一種八、九十年代電視「講故佬」的感覺。

說到自己人生的變化，昌哥好像早已做足功課，總配上一個社會環境改變作為原因，雖然他很平淡地說「正常就要知道」，但這樣理解自己人生經驗的方法，卻不常見。他寄語筆者，希望自己的故事，可以讓讀者知道如何在不斷改變的社會中生存。

身份證的故事

昌哥出生在一個草根階層的家庭，一家五兄弟姊妹，他排行中間。五十年代，香港大部分人都不是在醫院出生，而是在留產所，昌哥也不例外。當時需要交一元手續費，才可以申請出生證明。五十年代，一元並不是一個小數目，所以很多家庭都不捨得替小朋友換領身份證，到小孩要讀書時就會很不方便。不過幸好，昌哥的父母有為他辦證。那時內地大饑荒，香港還沒有發展輕工業，工種很少，昌哥形容童年家裡「食餐憂餐」，有時候需要賒借度口。當年沒有免費教育，如家裡沒錢交學費，就要暫時停學，讀讀停停，到他十三歲那年，還在讀小學，同學都比他年紀小，一同上課覺得有點不好意思。

到了十三歲，昌哥去找暑期工，希望半工讀，幫輕家庭負擔。當時合法工作年齡是十五歲，不過整體社會窮，而兒童身份證沒有照片，當時為了「搵食」，普遍未夠十五歲的青年人都會向已滿十五歲的朋友借身份證去見工，以獲得工作機會。昌哥為了找工作，也用上了這個方法，找到一份包食包住的工作，在茶樓賣點心。

昌哥平日在蟲鼠隊的工作照

「馬死落地行」

到了十五歲那年，昌哥決定輟學，全職工作。當時香港的輕工業已經發展起來，他有親戚在紡織廠工作，就去學師，學習紡織機械的維修和保養。

一九七三至七四年間，中東戰爭引發了第一次石油危機，全球需求嚴重萎縮，工廠都需要停工。昌哥工作的工廠一星期只開三天，工資也減少了。昌哥從家裡學到一句話：「好人好者，唔好望人施捨」，經濟環境不好時，只好自己想盡方法賺錢餬口。一九七五年地鐵公司開始興建「修正早期系統（Modified Initial System）」，即現在的觀塘線，昌哥就「馬死落地行」，去地盤工作。當工廠回復正常，他就回工廠工作，不久就升為紡織機械修理師傅。

到了一九七八年，中國經濟改革，開放對全球貿易，很多香港工廠為了減低成本，開始北移，昌哥工作的紡織廠就是其中之一。昌哥說，在商言商，紡織機器巨大，佔地方，而內地的租金和人工都較香港便宜，工廠一定會搬到內地。

昌哥失業時才結婚不久，兒子剛出生，「遴迍（音：論盡）啦。我唔食一餐都唔死得，但佢食遲啲，喊啦。咁點呢？咁咪又要馬死落地行囉。」之前在紡織廠做師傅，月薪約八百元，做普通地盤工人，一九七九年的日薪是三十元，又有超時「補水」[1]，薪金算過得去；如果需要專門技術的工種，例如釘板、紮鐵、落石屎，薪金會更高。於是昌哥就重返地盤工作。

同時，為了尋找租金便宜的居所，昌哥一家由港島搬到九龍城寨。當時九龍城寨是一個「三不管地帶」[2]，電、水都是偷公家的來用，「黃賭毒」隨處可見，不過從租客角度來看，居住情形卻沒有想像中可怕，「裡面治安非常好，社團分子就喺嗰度做埋保安，所以無人會喺嗰度搞事。」他們住的單位在唐九樓，約一百呎，月租只需幾十元，水電另計。當時地盤的日薪差不多已經足夠他交一個月的租金。直到一九八七年，寨城宣佈清拆，昌哥一家被安排調遷到公屋[3]。

「依啲課本無教」

剛入行時，未清楚建築行業的潛規則，昌哥和朋友吃過很多虧。八十年代，他們合伙承接一間建築公司的釘板工作，對方諸多藉口，如收現票要扣錢，又說他們「賴低手尾」要找代工再做，最後只願意支付原定七成的酬金。

後來，昌哥慢慢由釘板轉型做地基工程，考獲適任技術人員 T1 證書和工地安全督導技巧證書，成為一名可帶領三四十位伙記的「科文」（即管工）。在地盤工作了二十多年，每天都有很多人事、跨部門和跨公司的事情發生，令昌哥練成一套獨有的生存智慧和交際手腕。他經常說，很多有效對應現實情況的方法，都是課本沒有教的：對著「oversee」（上司和監督）「威逼利誘都要出埋，有陣時睇住佢哋『食』（讓他們得逞的意思），有陣時要嚇佢，有陣時要幫佢」；對著不同公司但相同等級的，吵過罵過打過之後，必定會找出一個雙方都樂意的解決方法。

昌哥的工作能力備受上司肯定，也在地盤交到好友。後來做食環外判工的二十一年間，昌哥的地盤老闆有找他開工，但他說自己年齡大，做地盤的精神負擔比起食環外判工更大，自己不敢做了。不過，他和「舊馬」（以前的地盤伙記[4]）仍然保持聯絡，偶然約食飯，談談近況和地盤情況。

晨運有錢收？

地盤工作手停口停，工作量的多寡和經濟環境直接掛鈎。到了二〇〇三年，「沙士」襲港，香港經濟大受打擊，私營工程和大型基建都沒有，昌哥形容地盤「真係瞓到直」。昌哥是家中唯一的收入來源，子女仍在學，經濟壓力很大，甚至要賒借度日。有一次，昌哥的朋友見到他的情況就問他「要不要去晨運」，又有人陪，又有人工。原來，是指去做食環外判清潔工。

昌哥說自己做慣地盤科文，突然間要拿起掃把工作，過不了自己的尊嚴。對於朋友的邀請，他思前想後考慮了一個星期。但當時除了食環外判工，沒有其他工作選擇，最難跨過的是心理關口，昌哥這樣說：「但諗深一層，人哋唔會歧視你嘅，只係你自己歧視你自己啫。」就這樣，昌哥開展了食環外判防治蟲鼠隊（簡稱「蟲鼠隊」）的工作生涯，工作地點在港島南區。現在再提起「晨運」，他這樣說：「人就係要有阿Q精神，要去晨運咁嘅心情，鍛煉身體，咁樣囉。都好啊，你一隊人，幾個人一齊去做，有講有笑，苦中作樂，好過踎喺屋企，始終要開支吖嘛。」

兩年升科文　盡責保安全

蟲鼠隊的工作需要接觸毒藥，除害劑的使用和儲放都受到監管[5]，受聘的滅蟲員（俗稱「蟲仔」）亦要先接受十三個小時的入職訓練，才可正式工作。接觸完全新的工作，昌哥邊做邊學，工作剛滿兩年，公司見他已經有適任技術人員T1證書和工地安全督導技巧證書，就叫他報讀防治蟲控的證書課程，畢業後就升他做蟲鼠隊的科文。昌哥說這個課程雖然是持續進修基金轄下的課程，但並不是想讀就讀到，報讀時需要有公司蓋印及簽署的信件，證明學員有最少兩年相關工作經驗才可以報名[6]。

說起課程內容，昌哥就滔滔不絕。課堂主要是認識化學品和藥物安全、昆蟲的習性和應對方法、評估風險等。他說香港註冊的藥物有幾百種，不可能盡記，所以最重要的是學懂看化學品標籤，上面會有成份和警告，又會有使用方法，就會知道如何稀釋和施放。

壓力晨運組　為工友發聲

「蟲仔」的工作當然不如晨運輕鬆。每隊蟲鼠隊都有指定工作範圍，有一條一星期循環一次的路線。昌哥說這個安排是有原因的，因為昆蟲如蚊，由卵到成蟲的過程大約七至十天，隔一星期到同一個地點滅蟲，可以減少蚊蟲的生存機會。

工作隊一共五人，工作車載滿滅蟲工具和藥物，包括超低微量噴灑器、手噴壺、老鼠籠、清潔用品、鐮刀、掃把、鐵筆等。還有些非恆常使用的工具，只有某些工作車才有，例如滅大黃蜂和嚴重蟻巢的工具。自己的路線需要用到時，可以選擇向跟那個車隊借工具，又或者請那隊車的工友去做。昌哥說拿著防治蟲控牌，無理由跟食環說不懂得做、不夠經驗，只可以說你「沒有工具」。

公路旁、豪宅區的細街和偏遠村落都是他們的工作地點。每到工作地點，昌哥都會先評估工作環境和安全，觀察潛在風險（如有沒有蛇出沒，有沒有蜂巢）和風向，制定工作流程和人流管制措施，決定使用藥物的方法和方向，再與隊員分工。

另一個工作的困難和壓力，來自食環和公司的監管方式。昌哥舉例，其中一條村需要沿著引水道旁的樓梯，下七百八十級石級才到達，沿途還要噴灑除害劑，工作完畢，又要原路折返，一來一回就已經是一個早上的時間了。可是，工作車和科文的公司手提電話都裝有全球定位系統（GPS），讓食環署可以監管他們的工作，如果花太長時間才到目的地，會被問話；如果科文和工作車太長時間停在一

昌哥填寫滅蟲記錄

個點，也會被問話，因懷疑他們休息時間太長。

隊員之中，有一位需兼任司機，談到這位隊員的工作，昌哥就有點抱不平。雖為了執行公務，不得不把車輛泊在路邊，但他們也會被控違例泊車，罰款就由司機自己承擔。所以昌哥會安排那位同事在車上做後援工作，整理和準備藥物，把老鼠藥[7]入袋等，不過更重要的是確保沒有市民拿走藥物，「佢偷咗唔緊要，最怕佢飲咗之後話『我喺嗰架車度拎嘢飲㗎』，咁就大鑊。」昌哥和其他工友也向公司反映過司機的工作情況，指該崗位的工友職責多了，但工資就和其他「蟲仔」一樣；又指出，司機同事需要在車輛附近工作，並不是因為想偷懶，而是有正當性等。

「一個職位，幾種享受」

行內笑言，蟲鼠隊的工作是「一個職位，幾種享受」，昌哥說這和蟲鼠隊的防治方法有關。防治蟲鼠的方法可分為三種，（一）科學性防治，即用藥；（二）環境防治，即防積水、清垃圾；和（三）生物防治，即是天然環境中的「弱肉強食，適者生存」。蟲鼠隊可做到的就只有科學性防治和環境防治。

在施放藥物之前，蟲鼠隊需要處理環境。「首先盡量做清潔，因為你嗰頭噴，噴完之後你割咗佢，自己又中毒，又嘥咗啲藥囉。一定要先掃乾淨個地，唔係就白做。」所以清理垃圾、除草、通渠、修剪擋路的樹木橫枝，變相都是蟲鼠隊的工作範圍。為了清潔更快速方便，昌哥會使用自己設計的工具，例如由洗潔精桶升級改造的清坑渠垃圾剷，剷的開口剛好就是坑渠的闊度，掃把一掃，就輕易把落葉掃入剷內。颱風後，道路多了很多雜物、樹葉和樹木，昌哥說他們雖無法十全十美地處理，但都會盡量協助，讓渠道暢通，大型雜物和樹木會放在一處，再交由潔淨組處理。

在村落的某些路段，未必有安排掃街工友負責，掃街的工作就變相由防治蟲鼠隊包辦。雖然昌哥稱，他們只會處理一些可放入垃圾袋的小型垃圾和樹葉，但一天都有十包八包垃圾[8]。這些垃圾昌哥會自行帶走，並不會扔進村落的臨時垃圾站或者大垃圾桶內。他說因為這樣做不合乎食環的合約規定，還會破壞其他清潔隊的工作程序，又影響村民：「我哋十包垃圾、十包垃圾抌落去，兩個桶抌到滿晒，村民就會埋怨我，到時候，我哋就無好日子過。我一直都制止佢哋（自己隊的工友），唔畀，我寧願我自己車走。因為人諗長遠計，唔好只係睇好嗰一面、方便，而係顧後果、嚴重性。一畀人投訴，我哋就好麻煩，盡量做到唔會因小失大。」這種不因小失大，一眼顧及多種因素，尋找共贏結果的處事態度，貫徹昌哥從地盤時代到現在。

雖然蟲鼠隊的制服和潔淨組不同[9]，但有時蟲鼠隊也會掃地，有些市民未必懂得分辨，會找昌哥投訴，

昌哥需留意環境生態，再安排其他工友執行工作。

昌哥會友善地和他們溝通，避免磨擦，同時嘗試讓他們明白自己的工作範圍，避免村民投訴錯置。

除害劑與安全

蟲鼠隊常用的除害劑可以分為兩大類：化學性和植物提煉。「其實化學性毒藥就係將水裡面嘅生物，魚、蝦、蟹，全部殺晒；但植物提煉嘅就係針對蚊嘅卵同幼蟲，對魚、蝦、人係無害嘅。」雖然植物提煉的除害劑對環境和人較友善，但因為成本較高，所以除非地點在水塘範圍或者接近水塘引水道、集水區，昌哥工作時一律都被指示要使用對人體和大自然有害的化學性除害劑。除害劑的毒性，視乎其特性和粒子大小，都可以透過消化系統、呼吸系統和皮膚接觸進入人體，所以施藥時需要人流管制，「蟲仔」亦需要穿著保護衣物確保安全。

使用超低微量噴灑器（俗稱「Fog 機」）時，噴出來的除害劑只有二十至三十微米（即零點零二至零點零三毫米），就要使用最高規格的保護裝備：除了保護衣，還要佩戴眼罩、膠手套和備有活性炭濾芯的「豬嘴」。在大熱天時，工作服、保護衣、反光衣，再加上背著三十多公斤重的「Fog機」和藥水，對體能要求極高，所以在蟲鼠隊工作的都是男性為多。昌哥說如果有女同事，只會安排她使用手噴壺，手噴壺連藥水大約只有四至五公斤重。

溫柔的藥師

今年昌哥已經七十歲了，已在蟲鼠隊做了二十一年，本身打算到今年四月合約完了就退休，不過公司請他留下帶新科文熟練工作，才「功成身退」。昌哥形容「蟲仔」的工作讓他「做到老，學到老」，為了讓工作可以舒服點，問題更容易解決，他會上網學習，思考一些解決方法，不知不覺間增進了知識。在大自然環境工作，往往會遇到一些獨特的樂趣，如觀察鷹捉魚、捉松鼠，遇過箭豬，吃過野生的崗棯、油甘子、水楊梅等等。

訪問時是三月，昌哥突然說起蝴蝶蟲，筆者嚇一嚇，以為連蝴蝶蟲都要滅，話未完，昌哥就說：「唔係打佢。而係見到蝴蝶蟲，盡量我哋就唔想殺佢啦，因你無咗啲蝴蝶、蜜蜂，點樣傳播花粉呢？益蟲嚟㗎。」所以工作時，昌哥和工友就要觀察清楚，見到樹上有絲掉下來的，就要避開牠們。

說到益蟲害蟲，昌哥有以下這個定義：「依個地球，目前為止，以我同你嘅認知，以人類為依歸。對人類有益嘅，就為益蟲；對人類有害嘅，我哋謂之害蟲。」比如說大黃蜂會入侵蜜蜂巢，攻擊人類會令人休克，危害人類的生命和健康，就為害蟲，一隻都不放過；蜘蛛會捕食蚊、蛾、蒼蠅等害蟲，和蜜蜂一樣是益蟲，會保護牠們。但如果接到投訴，說有蜂患，或者有蜘蛛，就算食環知道不應該滅牠們，都會要求蟲鼠隊做一些動作，「交交數」。無力的是，在這個結構之下，昌哥沒有方法和投訴者解釋哪些昆蟲是益蟲，哪些才是害蟲。那怎麼辦呢？昌哥就找了一些不需要置牠們於死地，又可以完成任務的方法——用氣味驅趕。

他把醋精倒入蜜蜂巢，蜜蜂受不了濃烈的氣味，就會傾巢而出。待牠們走光後，就要用普通的地盤網把蜂巢圍起，不讓牠們回巢。昌哥補充說，這套方法是按他的人生經驗而「發明」的，教科書沒有教過。那教科書的處理方法是什麼？「藥物防治，化學毒藥，噴死佢。」昌哥說雖然是教授教他用藥的方法和知識，但他不喜歡：「我好反對，始終都係毒藥，都係污染，對人有害，最無奈先用到藥物防治嘅啫。」

---

1 昌哥說超時「補水」的薪金十分重要，加上「補水」的錢，月薪可以比底薪高出一點五倍。最誇張是興建赤鱲角機場時，開一晚通宵的補水就差不多等於半個月工資。

2 坊間流傳「三不管」的意思是「港府不敢管，英方不想管，中方不能管」。

3 那時的安置安排開放幾個選擇給租客，包括黃大仙東頭邨、筲箕灣明華大廈等。因為昌哥的父母和兄弟姐妹都住在筲箕灣，所以就選擇了明華大廈作安置，一住就住到現在了。

4 昌哥稱他為舊兄弟、舊馬，在昌哥四五十歲做地盤科文時，他才二十多歲，現在他的舊兄弟已經由「馬仔」變成「大佬」了。

5 昌哥說雖然工作是食環署管理，但工作時要使用的除害劑是由漁農自然護理署監管，受《除害劑條例》管制，儲放分量和環境都有要求。更多資訊可參考：https://www.fehd.gov.hk/tc_chi/pestcontrol/handbook_pest_control/cap5_90-95.pdf

6 昌哥修讀的這個課程，已經是二千年代的事。現在於持續進修基金搜尋相關的課程，無論課程分類、收費和修讀時數已經和昌哥經驗的不同。昌哥修讀的課程共四十二小時，學費約四千元，順利完成課程，考試合格的話，可以退回八成學費。雖然完成課程是公司的升職要求，但學費卻需由昌哥自己承擔。昌哥認為，外判公司只是給予機會，讀書是員工自己的想法，他想升職，就要自己付錢讀書和考試。

---

7 說到老鼠藥，昌哥有一個小知識很想和讀者分享。香港有規定，老鼠藥不可以用氰化鉀（山埃、砒霜那一類），只可以用抗凝血劑，防止或減少老鼠的血液凝固，變相令牠們失去自我修復能力，最終因流血不止而死亡。而老鼠藥擺放地點的附近必定會有告示，指明抗凝血劑的解藥是什麼。抗凝血劑的解藥是維他命 K1，萬一寵物誤食老鼠藥，可以找維他命 K1 補充品去解毒。

8 如遇到大型垃圾，如樹木或是傢俬，就需要聯絡食環署，按排夾車處理。

9 蟲鼠隊的制服是淡黃色的，而潔淨組是藍色的。

獨自工作的無奈與樂趣——從自由到自在的坤叔

受訪者：坤叔
訪問：李維怡、葉子青
書寫：李維怡

由打金師傅到垃圾站站長，坤叔見證了香港接近七十年的變遷。坤叔口中，六十年代做打金師傅，在尖沙咀自由接工作是最「自由」的；在垃圾站做夜更站長，經常一個人清清靜靜，則最「自在」。從自由到自在，如何釋義，如何感受，且聽坤叔慢慢道來。

巨大沉默的童年

坤叔於戰前一九四一年在香港出生，不久日本就侵略香港，父母為逃避戰爭，舉家回到父親家鄉南海居住。幼年記憶模糊，母親何故在三歲時故去，父親何時離鄉再娶，坤叔都不知道，記憶中唯一對自己好的，只有阿嫲。

一九四九年後，阿爺在政治運動期間被分類為「富農」，家中劇變，田和牛都被沒收。阿爺被公開批鬥，家人被規定必須去集體觀看。當時沒有監獄類的設施，祠堂就用來關押這些「有問題」的人。阿嫲煮好飯就會叫坤叔送去祠堂，一日兩次。祠堂關了很多人，因而每日送飯都有許多家屬一起送，甚至也有同學，不過大家都不說話，生怕說錯了話要遭殃。送飯以外，家屬還要負責清潔「監倉」，倒夜香等等，大家也是默不作聲，在一些村幹部的監視之下，一起清潔家人被囚禁的地方。坤叔在學校也會被

坤叔退休前任職站長的垃圾站

同學譏笑為「地主仔」，沒有人跟他玩，又因為是「地主仔」，所以就無書讀：「周圍蕩，執柴，割草，當柴燒。」

「無所謂驚唔驚，已經慣喇。」

十二歲開始「獨立生活」

「嚟到香港更係一無所有。」坤叔慨嘆。

坤叔來港後，便隨父親在西環生活。在鄉下時，聽到父親在「連卡佛」工作，想像不到這個怪名字是一個什麼東西。來港後，才知道父親在位於中環皇后大道中的連卡佛百貨公司後欄的肉食部上班，工作是切肉。原來當年連卡佛的生意，還包括商船的伙食，會有大批冷藏肉食，而父親和四叔都在那裡做切肉工人。坤叔記得有時週末會去連卡佛門口，等父親午間收工一起去飲茶，見到出入的人都「身光頭靚」、「好富貴」，都不敢進去：「唔好話連卡佛，連先施都唔夠膽入。」

由於八叔是劏豬工人，有參與工會，所以家裡送他去只收工會會員子弟的「港九肉行持平總工會會員子弟學校」讀書。學校坐落於西環的厚和街，很近父親西環的家，隔一條馬路就到。其實，父親有兩頭家，週一至五在西環後母處，週末去坪州後母處。坤叔隨兩位後母都一起住過，都沒地方睡，都只能睡在閣仔、地板。兩位後母又各自與父親有兒女，又有感情糾葛，經常吵架，他做功課時弟妹又嘈吵，吃飯坐在床上，感覺寄人籬下，只有上學時可以避開這些煩惱的情景。

可惜好景不常，讀書才一年多，西環的後母說學費貴，不如去工作。坤叔笑：「我梗係想讀啦，唔駛做嘢嘛！」可是決定權不在他手，坤叔便以十二歲之齡，開始工作賺錢，從此再沒回家居住過。坤叔

坤叔應邀為大家解釋打金的工序

慨嘆：「有病都只有自己照顧自己。」

一九五三年，坤叔經姑姐介紹，去一間位於深水埗，包住宿的布廠工作。坤叔在這工廠轉過不同崗位，做漿染時，工作從早上五、六點透爐開始，夏天很熱，無風扇。透好爐，便可再睡約兩小時，八點再起床工作：「總之，麗的呼聲開台我就開工，麗的呼聲收工我就收工。」即是朝八晚八。

日常苦悶，工作辛苦，當時的工友普遍比他年長，會聚在一起打麻將或賭錢，夜間又會外出，留他一人看門口。最大的娛樂，就是看報紙連載的武俠小說、《西遊記》，或聽收音機的「講故佬」講故。

五十年代的催淚煙

做漿染工時，坤叔還遇上一件奇事。當時他與一眾工友正在荔枝角道的曬場（今天荔枝角收押所一帶）曬紗，忽然英軍一車一車開出來，向他們噴催淚氣。坤叔強調當時的催淚氣是噴霧式的，不是丟過來的催淚彈。當時大家都很害怕，只能躲入旁邊能容下成年人身體的大坑渠。幸而曬場本身就是大空地，催淚氣體也消散得較快，也不知過了多久，大家滿面眼水鼻涕地爬上地面，英軍已不知所終，也沒有抓捕。大家找水洗一洗，又繼續工作。當時適逢「雙十」期間，但他們附近並沒有人群示威，坤叔認為，可能是由於曬紗場剛好位於荃灣出九龍的交通要道上，至於為何被襲，則無從得知。

邁向手作師傅之路

一九五七年，姑姐找鄉里介紹坤叔到灣仔利東街，做打金學徒。這工場位於某地舖的天井位置，有六、七個人，當中兩至三個師傅，其他都是學徒。工住合一，只要是單身男子，不論師徒晚上都在這裡睡。日間的工作枱也不用收拾，往兩旁放兩條木枋，上面再搭塊板，就大被同眠了。這也就是當年常說的「朝桁晚拆」。

有時師傅收到金舖電話，要訂造某類金飾，師傅就會去金舖取寶石回來，打造金戒指或者軟的金手鏈，再把寶石鑲上。當時，某幾間特定的茶樓有許多從事金飾行業的人聚集：不同工場的師傅們、行街的經紀們、金舖的老闆們等等。買賣、看貨辦、談生意、找工作，都在茶樓搞定。

「魚要過吓塘先肥」

滿師後，坤叔覺得「魚要過吓塘先肥」，於是一九六三至六五年離開灣仔，去了尖沙咀工作。出師後第一份工，坤叔認為是人生的重要一頁。當時正值香港金飾行業大亨之一謝瑞麟開設第一間金飾店，謝本身是一名打金師傅，有點本錢就自己開舖，師兄弟則在金舖後巷處做工場。那個後巷工場其實只是「搭個棚，遮一遮就開工，要熔金，一定有爐，夏天都幾熱。」坤叔自己則在謝瑞麟對面的閣樓裡另一間工場工作，這工場有時也會幫謝瑞麟趕貨，監工是謝的師兄弟。

一九六五至六六年，正值越戰期間，坤叔又回到灣仔。當時灣仔碼頭有間工場[1]，專接灣仔海軍部的訂單。香港的港口水深港闊，方便停泊，多年來也充當美國軍艦停泊休整之地。當年很多水兵過來打金送給女人，坤叔指這些貨「簡單又好做」，因為客人逗留時間很短，要求不高，而且很大機會一去不返。生意最好時曾試過月薪一千元。查閱一九六七年底香港生活指數[2]，一斤上等米不過一元八仙，一條紅衫魚二元一仙，當時坤叔又住在工場不用交租，因此真可算是生活富足的專業人士了。

坤叔曾製作過形形色色的首飾金器

自此坤叔開始了打金師傅的工匠生涯

搵食與自由

一九六六年，工場被另一老闆買走，搬了去九龍城。「當時大家都唔想繼續做。」說到這裡，坤叔第一次明確指出自己不喜歡打工。

原來坤叔一直沒有感到自己在「打工」。為什麼呢？他原本身處的，是以師傅手藝為中心的工藝型工場，師傅居於工場，是一個生活與工作合一的自由空間，「較自由，有貨趕貨」，師傅對於工作時間、方式和生產工具的掌握度較高，有一種「咩金呀銀都係咁隨處放啦」的放心。可是，新的管理方針卻不讓師傅住在工場，要求工作和生活（公／私）嚴格分離，以及對工作方式和時間進行嚴格管理。

「差唔多全香港嘅山都行過！」

於是，一九六七年開始，坤叔轉去尖沙咀碧仙桃路一個樓上的工場，以師傅的身份接以件計的散工。坤叔與工場的關係，是坤叔在工場「搭枱」，坤叔每月付工場三十元，包電、工作枱和燈，打金工具則要自備。

這段時間，行山是坤叔的最大樂趣。當時，坤叔曾逢週三留意《星島晚報》或《香港商報》上「山海之友」的專欄。這個「山海之友」是當年一個行山的市民團體，逢週日去行山，逢週三就會刊登當週的行程、集合地點和收費，想參加的人可以去報章上指定的一些士多買票，然後在指定地點集合。

「長短咀、萬宜水庫，來回都十幾轉啦。」坤叔甚至去過大嶼山環島行。四五年後，坤叔又選了些挑戰性較高的旅行隊，這類旅行隊通常是在紅磡碼頭集合，然後自由組隊起行。坤叔形容，這群人之間雖然可能互不相熟，但彼此信任，人人都量力而為，有危險時可以相信身邊的人。

婚姻與穩定

一九八一年婚後，由於想收入穩定些，坤叔便轉為替工場打工。打金一年只休年初一至初四，清明拜山都要告假：「無嘢做你都要坐喺度。」一九九七年，老闆一家移民，工場關門遣散。當時坤叔五十六歲，視力開始變壞，就算戴著眼鏡，看東西總是有個影。打金是一門需要高度精神集中和眼力的工作，坤叔開始覺得支撐不來，替人打工也感覺不到做師傅的自由氣息，便決定不再打金了。

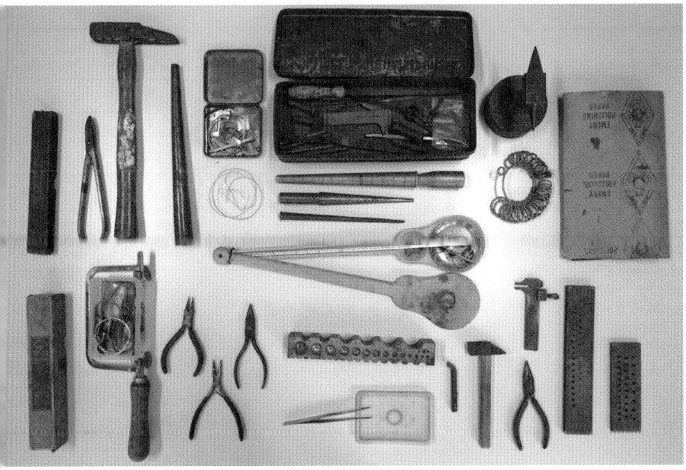

即便離開打金工匠身份二十多年，坤叔仍然好好珍藏打金工具。

一九九七年，女兒還是高中生，為了供書教學，他還得去找其他工作。可是多年以來，坤叔除打金外，沒有其他工作經驗，因此在接近六十歲時再找工作，只能找到低技術工。

坤叔用幾年時間，前後轉了四份保安，日曬雨淋，而且「全幢大廈啲人都係你老闆」，每天見人就要「點頭點腦，唔可以得罪人」，讓慣於獨自工作的坤叔覺得心累。本來都可以忍，但後來政策改變，要考牌續牌，兩年一次，又要驗身。「成日要讀書，又唔知幾時人哋唔畀你做。」他感到很心煩，於是不想做保安了。

回復獨自工作的空間

剛好，這時在大連排道垃圾站做站長的堂姐要退休，公司管工是堂姐的麻雀友，於是堂姐便介紹坤叔接手自己的工作。於是，由二〇〇七年六十六歲開始至二〇二二年八十一歲退休，坤叔都在葵涌大連排道的食環署垃圾站做夜更站長。

夜更站長的工作時間是六個半小時，負責維持一個站的清潔和運作。夜更時段有兩部水車會去洗街，洗街前會先來站頭入水，找坤叔簽簿證明開工時間，收工也要找坤叔簽簿證明，最後關閘也由坤叔負責。夜更站長不用處理任何地面工作的清潔工事宜，所以還算清閒和安靜。坤叔每日的時間表是：

下午四點：出發上班

四點半：到站換衣服和預備

夜更站長的工作空間

五點：早夜班交更（五點才算正式上班時間）

五點至五點半：幫忙派發外判商分發的物資，例如疫情時期的口罩，平時就有手套等。

五點半至六點半：協助執拾棄置在站外的垃圾。坤叔會把垃圾拖去路邊夾斗車的泊位，方便夾斗車收集。當夾斗車把垃圾夾走後，坤叔便負責清洗地面。

六點半至十一點半：不時有人來丟垃圾，坤叔會就垃圾大小指示丟棄位置，方便垃圾車次日來收集。這段時間，兩架水車會每隔一、兩個小時回來加水，期間工友會和坤叔聊兩句天，加完水又出動開工。所有工作完成後，坤叔便關閘收工。

坤叔上班的時間，那 區沒有掃街的工友，而旁邊公廁的事務員工友七點多就已下班。因此大部分時間，整個站只有坤叔一個人。

由垃圾看社區

大連排道這個垃圾站附近，近年多了很多大型垃圾，來到都倒在站門外。理論上，垃圾應該丟去垃圾站內的大垃圾桶。最初，坤叔見到有貨車來到站外，在馬路邊丟垃圾，都會嘗試指示他們不可以丟在路上，但「佢仲惡過你呀」，或者「你叫佢唔好丟，佢揸走架車轉頭又返嚟，趁你睇唔到丟咗，都無法。」

管理市民如何丟垃圾並不是清潔工的權力，坤叔最後也無奈由得大家，只是盡量將垃圾堆在夾斗車會夾垃圾的位置，並將之執拾到一個程度，不會阻礙食環幫辦巡查，以免招致投訴。

坤叔也觀察到社區的轉變：由於很多工廠轉成了貨倉，於是，這幾年的垃圾中多了很多貨辦。貨辦通常是沒有用過的一手貨，他笑說：「衫褲我都執過好多，好新淨。」更指著手上的串珠手鏈，笑說：「呢個都係某廠嘅辦。」比較幸運的是，由於大連排道這邊幾乎沒有住戶，也沒有食肆和街市，因此垃圾量不算多，且垃圾也大多不是有機物，不會發臭。做了多年，坤叔也沒有想過轉職，就是因為見到日更和其他垃圾站的工作量多，垃圾比較難聞，又多人事問題，比不上他一人看站的自在。

做師傅最「自由」，做站長最「自在」

坤叔笑說，自由自在最開心的時代，是一九六七年開始在尖沙咀四處接工作，又經常週末去行山那段年月。至於夜更站長工作，雖然工作時不能離開垃圾站，但工作清閒、安靜，自己在站內沒有工作又沒有其他人時，就用原子筆書法抄抄《心經》，最為自在。不過，坤叔抄《心經》時也沒有忘記自己的職責，因此會打開一張摺枱，坐在可以正面看到站外情況的位置，邊寫邊觀察有沒有事情需要處理。

首次遇見坤叔時，便是在工作枱附近抄《心經》。

社工表示，第一次見到坤叔是晚上去到垃圾站，只見白白的燈光下，一個阿叔十分安靜地坐在垃圾站內，用纖細的原子筆抄著《心經》，印象很深刻。

這一手書法，其實是坤叔十二歲在布廠打第一份工時，遇上一位管理層先生教他的，可能因為見他年紀小，而那位先生又曾是老師，便慢慢教他寫。「好耐無寫，喺站度好得閒，咪寫吓囉。睇小說都唔會啦，以前會追報紙啲武俠小說，啱家對眼都唔係好得。」

為何總是在垃圾站內抄《心經》，不抄其他東西？是否什麼時候接觸了佛教？坤叔說與宗教沒有關係，是因為以前追看報紙連載小說，讀過《西遊記》，提及有什麼疑難都可以唸《心經》，就會內心平靜。碰巧，坤叔又在別人丟到站中的垃圾裡見到《心經》，還有功能良好的紙、筆、墨、硯，於是就想起小時候學過書法這件事。除此以外，抄《心經》還有一個好處：「短、方便，寫寫吓有嘢做，隨時放低都得。」

「抄下抄下，心靜。」做夜更站長這十五年，坤叔說，是人生最安靜的時刻。

退休後，字越寫越大

坤叔愛靜，但也喜歡有人陪伴。

社工介紹坤叔去一個伸展運動班，坤叔是好學生，堂堂準時到，下課會收拾好再走。他笑說，伸展運動班是個「返老還童班」，把筋都拉鬆了。問及他有沒有與同班同學去飲個茶之類？坤叔說：「成班都係女人嚟，我唔敢呀，等陣人哋以為我想點！」看來坤叔真的很不擅長與異性相處，但即便如此，他還是願意一起學。相熟社工稱讚他勇敢，沒有因為「成班女人」就不肯再去，同樣情況若放在其他大叔身上，可能很多人一早已半途而廢。

退休後，坤叔的書法，也成了社區連結。社區中心貼的揮春，不少是坤叔的手筆。農曆新年，坤叔也會協助社區中心擺街站，幫街坊寫揮春。問及他街坊收到揮春是否很開心，低調又有少少怕羞的坤叔說：「唔知喎，我都無望佢！」坤叔自言只為自娛：「幾新鮮，幾好玩。」不過，問及他還想不想再幫街坊寫揮春，他就表示很願意，只要約他他就會去。

看著社區中心的揮春，不難留意到，坤叔寫的字尺寸總是很統一，無論大張的紙還是小張的紙，他寫的字都保持差不多同一尺寸地小。坤叔說，近年退休會在家練字，慢慢越寫越大。他指可能與工具有關，如果有大一點的空間，大一點的紙，大一點的筆，都可能會寫大一點的字。

1　灣仔海岸線歷經多次填海，坤叔口中的灣仔碼頭，今天已成了陸地。

2　詳細的物價比較，可見香港記憶網站：https://www.hkmemory.hk/MHK/collections/hkcurrency/currency_consumer/index_cht.html

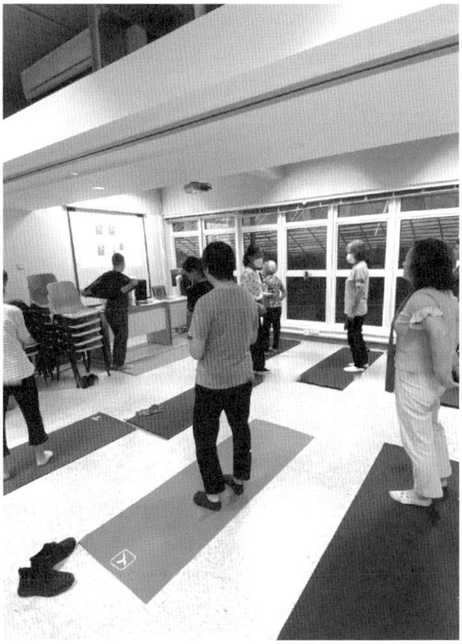

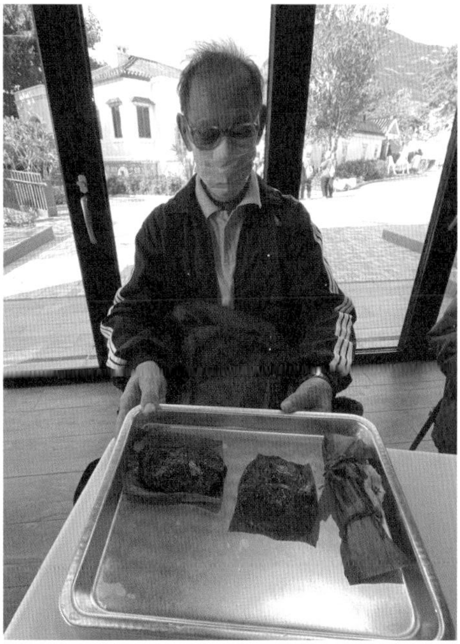

現時中心舉辦的伸展運動班參加者多數是女性，坤叔是罕有堅持的男性參加者。

坤叔亦喜歡其他文娛康樂活動，圖攝於香港仔薄扶林牧場，當時正參加居民教授的茶果製作工作坊。

退休後，坤叔間中會到中心做義工，積極參與社區。

第六章

後記：勞動友善社區服務整理

以社區資本介入營造勞動友善社區的嘗試

設計思維作為社區服務的實驗嘗試

清潔工友台灣考察回望香港的思考與想像

以社區資本介入營造勞動友善社區的嘗試

撰文：葉子青、楊家昇、蔡倩文

明愛勞動友善社區計劃（下稱計劃）至今已為清潔工友服務接近三年，工作員發現工友有著獨特的共同點，不論是工作模式還是生活責任，都對工友的社會參與及支援網絡有所影響。本文嘗試以三種社會資本[1]角度提及對清潔工的觀察，並分享本計劃的介入與嘗試。

邊緣社群的弱勢因素

社會上充斥著被排斥的邊緣社群，如新移民、婦女、少數族裔及殘疾人士等等。由於社會排斥的關係，基層勞工有不少人處於多重弱勢身份交織性（intersectionality），例如一名清潔工友同時是婦女照顧者，工友的社會資本缺乏不是由單一因素造成，工作員將列舉在接觸工友的狀況中，常見造成他們弱勢的因素。

新移民及少數族裔

不少基層街坊以年長子女照顧在港父母或家庭團聚理由申請來港，他們幼年及成長時期皆在內地生活，言語不通及文化差異，加上香港社會保障制度對於福利領取者的系統化歧視，令新移民街坊抗拒福利機構的協助。

少數族裔同樣是因著語言和文化差異而備受歧視，但他們基於膚色種族而進一步受到打壓，例如同工不同酬，差別對待工作要求，令少數族裔難以融入香港社會。

婦女照顧者

一直以來，華人社會的性別分工有根深柢固的文化——男主外女主內的傾向。即使在女性進入勞動市場後（以全職受薪形式受僱），婦女勞工在每天受薪工作結束後依然需要承擔「第二輪班」——照顧家庭的其他成員，買餸煮飯、洗衫晾衫拖地、湊仔湊孫，這進一步壓縮了婦女勞工可支配的自主時間，也收窄了婦女的社交空間。這狀況會收窄基層街坊的社會聯繫（social tie），使其難以從新的社交圈子中獲得社會資源。

除了身份交織性外，工友仍有其他限制。

學歷及技術經驗限制

從事清潔工作的工友大致上可以分為兩大類，一類是移民工友，識字率及學歷受限；另一類是工廠北移後，從技術勞工下流為不受保障的邊緣勞工。這兩類工友都難以在就業市場找到受保障的工作，只能從事基層體力勞動工作，而且在職場受到壓迫也常常選擇啞忍。

使用資訊科技的限制

科技日新月異，不少政府資訊現時都透過電子渠道發放。唯基層街坊對於電子科技的應用能力較弱，而且不少電子應用程式和網頁的設計是以「便利」而非「友善」為考慮，對資訊科技掌握較弱的街坊無法跟上新時代的數碼鴻溝。

對法例保障的認識較少

華人社會重視誠信，基層街坊以個人道義而非法律條文作信賴基礎，基於知識學歷的限制，清潔工友鮮少以法律條文知識為保障自己的工具。當遇上勞工權益受損的情況，他們大多重視人情關係而選擇啞忍。舉例而言，遇上工傷，為了不給主管添加煩惱而啞忍，或輕信主管「傷患復原後再回來公司工作」的承諾而在沒有呈報工傷下輕易辭職。這不單使工友勞工權益受損，亦使其經濟與生活陷入困境。

工友面對的困難多不勝數，相對於直接解決問題，工作員更希望提升清潔工的解難能力及資源網絡，並嘗試將

不少基層街坊既是清潔工，又兼任環保回收員，身兼多職。

工友與社區不同團體連結，一方面讓工友獲得身份認同，另一方面讓社會大眾加深對清潔行業的認識，令工友於社區角色中的重要性得到重視。

基層工友的社會資本

本計劃希望提升清潔工友的社會資本[2]，令工友能透過個人與他人的社會聯繫獲得更多經濟資源、資訊或機會。工作員相信服務使用者能運用自己的能力及資源去解決問題，唯自身的解決能力有限，因此當一個人社會資本越多，能運用的資源便越多，意味著自身解決問題的能力亦會越高。在三種類型的社會資本建立上，本計劃有以下廣義的嘗試：

凝聚型社會資本（bor ding social capital）：清潔工友有自己獨特的社群生態，工友於日常生活中面對共同的困難及工作處境，彼此的凝聚力因此提升，從而拉近關係。另外，工友長年工作或生活累積的經驗可形成生活智慧，而工作員透過發掘及整合他們的技能，並透過互助分享以共同面對自身的問題，藉此產生連結。

搭橋型社會資本（bridging social capital）：工作員觀察發現，社區上存在不少資源及微小的系統，清潔工日常清潔的位置及走過的街道都會經過，而工作員主要擔當兩者的橋樑，讓社區持份者加深對工友認識的同時，亦讓他們可按照自己的能力為工友提供關心，藉此增加清潔工與其他社區系統之交流，不同群體亦能共同面對清潔工問題。

連結型社會資本（linking social capital）[3]：當工友能於社區中確立自己的重要身份，從中取得信心及價值，他們更能夠從中覺察到自己身處的問題，並願意尋求方法解決時，工作員便會鼓勵工友直接向相關公司或政府部門提出意見，期望主流制度及資源擁有者能與工友形成友好關係，共同改善工友處境。

通過社會資本的理論，工作員從中分析工友的需要及現況，並分享接觸工友和介入工作的心路歷程。

本計劃的介入方法

計劃通過以下活動增加工友的搭橋型社會資本：

聚餐活動：關係由互相看見開始

部分工廠大廈的清潔工友並沒有舒適的用膳及休息空間，而工廠大廈的清潔工作也是以個人為單位，鮮有交流機會，甚至有工友表示：「一齊做嘢幾年未（一齊）食過一餐飯。」計劃透過飯聚時間，讓工友每週能在飯聚期間交流資訊、建立聯繫。這種聯繫令到在崗位上單獨工作的工友感受到自身是群體的一分子，在面對資方不公平待遇時也更有團結基礎。透過固定的聚餐時間，工作員也裝備工友現時的科技知識，令工友面對新科技時更有能力解決困難。

伸展運動班小組：由工友痛點出發建立聚腳點

計劃開始之初，透過多次探訪發現，工友普遍有勞損問題。因為長年體力勞動的關係，清潔工友大多習慣與勞損同行，甚至習慣內化為勞動一部分，解決方法也多以外敷藥物為主。過程中亦建立一個平台讓基層工友能夠建立網絡，交換資訊，從而提升工友的弱聯繫。

當工友疼痛情況嚴重，到醫院求診時，醫生囑咐工友停止工作，勞損便會停止。但這阻礙工友以健康心態應對身體勞損，工友容易內化了一種被動應對勞損的方法：只要繼續工作，便沒有辦法停止勞損，退休才沒有勞損。

為了增強工友自主面對勞損的能力，工作員透過運動伸展小組作介入，在鄰近垃圾站附近的休憩空間舉辦運動伸展班，建立一個下班後的運動習慣氛圍。邀請工友參與運動伸展班時，家庭照顧者的角色是阻礙工友關心自身的其中一個因素，工作員的選擇是盡量減低參與成本，在下班時間選擇最接近的休憩空間進行勞損伸展運動，增強工友的參與動機。

一個人做運動太孤獨，有他人的陪伴，令到參加運動伸展班的工友更有

中心既提供了聚餐地點，也令工友可以休憩和交流資訊。

動力堅持，也令伸展運動變得好玩、有氣氛，形成一個主動積極面對勞損的態度。經過大約十八個月的運動伸展小組後，一群工友凝聚而產生的運動時間，令工友們不單在每週一次的運動小組才通過運動放鬆身體，平日工作後也會抽時間放鬆筋骨，減低勞損。每週一次的運動時間也讓工友聚首一堂，有機會互相交流資訊、工作與生活間的趣聞等等。

伸展運動小組使工友能學習伸展技巧、減輕勞損，也建立工友之間的聯繫和支援。

在建立工友的搭橋型社會資本的同時，工作員也進一步建立工友的連結型社會資本。

透過伸展運動治療勞損的過程，工作員再邀請這些工友關心自身的職安健，反思在工作中哪些因素導致自己陷入健康風險，也邀請工友在勞工處《預防工作時中暑指引》（下稱《暑熱指引》）的諮詢會議中表達意見，建立一個對工友職安健的環境。

除了增強工友的弱聯繫（weak tie），工作員也相信增強工友的強聯繫（strong tie）能令工友面對健康風險或生活風險時能更堅韌，因此開展互助小組，以增強工友的凝聚型社會資本。

互助小組：以藝術幫助在職照顧者抒發情緒

計劃剛開展時，工作員接觸其中一個食環署永久離街垃圾收集站，當中有大約一百位清潔工友，大部分以婦女為主，尤其是「掃街工友」（街道潔淨組）。工友下班後，同事抓緊時間向他們了解工作日常及家庭背景，並介紹服務。從對談中得知，大多數工友都是新移民，已擔任清潔行業數年或更久，因此工友之間早已有一定相熟程度。同事透過不同的街站及講座活動，成功與工友拉近關係，工友間中會就著自己的家庭及工作問題到中心找同事傾訴，剛好發現大多數婦女工友都是在職照顧者，每天下班後都需要照顧家人及打理家務，有些工友更需要定期匯錢回家鄉以供養家人，工作及照顧壓力相當大。

有一次，團隊與一位藝術治療師合作，為工友提供藝術表達體驗活動，同事便藉此機會邀請垃圾站中的婦女工友。藝術表達體驗活動無疑是個新奇的體驗，工友對活動內容非常喜歡，透過藝術創作讓工友分享自己的家庭照顧壓力，讓工友跟隨自己的喜好創作一幅藝術作品，再透過互相分享、聆聽、觀察不同的作品，拉近彼此關係，工友從互相認識大家，到分享壓力時互相安慰，經歷從陌生到相熟的歷程。

於是，同事抓緊時機邀請工友進行定期小組活動，提供機會讓他們互相

藝術表達體驗活動有助工友抒發情緒，增強小組的凝聚力。

表達情緒，分享日常，並由工友命名為「開心群」小組，希望組員可以參與不同活動及分享感受，從中得到快樂。直到現在，工友間會定期舉行不同活動，例如外出學校分享、開心群飯堂、靜觀表達活動等，形成了一個恆常而成熟的小組。從與工友的接觸過程中，可發現他們不少有著相同背景及困難，雖然他們會於垃圾站聚集聊天，但也因為工作量及職位分配，令他們沒能互相深入了解，只算是點頭之交，未能成為互助網絡。而讓工友接觸新奇的情緒表達活動，能讓工友加深了解，並發現原來身邊的工友與自己一樣，面對共同的照顧與工作壓力。工友能在這個平台互相安慰，互相信任，共同分擔問題，將工友圈子中的弱聯繫增強成為強聯繫，增強工友面對困難的能力。

「開心群」笑容燦爛，真的很開心！

此外，計劃亦舉辦其他活動以建立基層工友的連結型社會資本：

權益及福利講座：知識就是力量（information is power）

對於學歷較低且不習慣文字表達的街坊而言，法律條文是冰冷而遙遠的武器，很多時候工友藉以保障自己的工具並不是法律條文，而是人情世故下的應對方法。但清潔工友對於自身勞工權益的不掌握，也反過來加強了公司對個人的壓迫與剝削。工作員通過講解勞工法例，希望工友掌握自身權益，裝備這個「最後時刻的武器」，成為保障自身的後盾。

議題小組：建立充權（empowerment）的參與階梯

除了社會福利與資訊講座外，政策更新也會影響基層工友。透過議題小組的聚會，工作員將政府最新的、龐大而繁雜的政策資訊傳達至基層工友，讓工友明白政策對自身的影響，也建立一個機會，讓處於權力下游的工友能組織起來，向權力上游表達意見，例如政府部門或社區其他單位。舉例而言，現時中暑不是法例認可的職業病，但勞工處於二〇二三年五月實施《暑熱指引》，訂明不同工種在工作時間內要給予工友休息時間或增設防暑避暑措施，以減低工友中暑機會。訂立指引使基層勞工有討論勞工待遇的機會，通過議題小組組織成員，聯絡與《暑熱指引》相關的立法會議員，表達勞工的意見與聲音。

組織過程的反思與得著

工作員在組織的歷程中，遇上不少困難或趣事，是歷程中的得著，也希望呈現工作員眼中的勞工組織的困難，予己予人也有省思。

工友們因應《暑熱指引》訂立約見立法會議員林振昇，表達對指引的意見。

基層勞工原子化　團結狀況容易被摧毀

前文提及計劃以康樂活動或聚會凝聚街坊，能強化基層勞工的社會資本。舉例而言，以運動伸展拉筋班為招徠，對減少工友勞損有幫助，是工友有興趣的項目。工作員曾在某公共屋邨內舉辦伸展運動班期間，發現街坊們在討論中產生爭執，主要圍繞工作量及工作時數分配[4]。

初看之下，人手分配是正常工作安排，但管理階層會傾向讓部分工友分擔該時數的工作（可能是基於年資和工作能力，也可能是關係較要好），這便引起了工友的不滿與分化。因為分擔工作時數意味著加班費，但加班時數有限，而且只能任由管理階層分配加班時數，部分工友有加班，部分沒有，僧多粥少的情況令到本來原子化的街坊更難以團結，部分自覺工作有效率的工友產生不滿，原本正在建立的小組凝聚力也在資方有意或無意的分化下分崩離析，工作員只好看著羅馬一天天的崩壞。

組織伸展運動小組，原本是為了建立工友之間的搭橋型社會資本，令工友更有力量面對公司的衝擊，但實際情況下卻因為資方的權力干預，衝散了原本的凝聚力。即使工作員之後嘗試努力修復彼此關係，或通過活動將不同工友的關注點聚焦討論，最後都難以抵抗公司在工作層面日復一日的干預，勞工難以團結的情況成為日常。

法律內外的勞資不平等

《僱員補償條例》保障工友工傷時享有工傷病假津貼和康復治療等等基本的勞工權利，也是公司的基本責任。但承判合約的清潔公司對於呈報工傷容易卻步，一般原因如下：

一、屢報工傷會提高保費

二、工傷比例高會影響政府外判合約投標結果

三、公司抱著懷疑態度審視受傷工友情況

在任何情況下，法律條文都是「最後時刻的武器」，但當工友需要拿起此武器時，往往是工友最脆弱的時刻。曾經遇見一位工友，是在疫情期間入職成為清潔工，當時在公共屋邨內任職。工作首月左腳腳踝工傷，向公司呈報後公司職員表示：「你入職未夠三個月，唔過試用期無得報工傷㗎。」[5] 這誤導了工友呈報工傷的時機。

後來，工友再次工作受傷，也只是以外敷藥物處理傷患，沒有即時呈報工傷。在忍痛工作一段時間後，某天再難以忍受痛楚，才到急症室求診，由於當時不是工傷入院，醫生給予的也只是一般病假而不是工傷診斷，公司也只當作一般病假處理而不是呈報工傷。直到後來，公司管理層勸籲工友離職，直至傷患康復才復工，這才觸

動了工友需要注視自身勞工權益，尋求外間協助。

即使工友呈報工傷，不少公司也只願支付病假津貼，不願支付醫療報銷開支[6]，這些情況都導致勞資權力不平等的工友處於劣勢，在生活與工作上都得不到保障。作為前線工作員，只好為工友裝備法律知識，在他們萬一遭遇工傷時能有保障，提醒工友在工傷時馬上向科文呈報，以及在有需要時致電救護車求助，以免傷勢惡化。工作員同時深深感受到，勞工法例及制度保障的不完善如何影響到每一個工友在取得應有權益時遭到剝削、欺瞞和壓迫，而每一次爭取制度保障的改善，也是為了減少一個個受苦受壓的個案出現。

成功爭取之道

失敗不是成功之母，成功才是。

在計劃開展之初，曾接觸到一群鄉村式／臨時構築垃圾收集站的工友[7]，該垃圾站有以下基本設備：以鐵皮搭建的上蓋以遮風擋雨，水喉自來水以清洗垃圾桶，木板臨時搭建的遮閉位置作更衣室，自費購買的鐵鏈配合垃圾桶以「土炮」方法製作門鎖，防止路人在垃圾站關閉後隨意進入。

作為前線工作員，觀察到在市區中有這種簡陋的垃圾站，便提出組織工友一同參與改建，優化工作空間，但很快便被工友拒絕。理由是垃圾站使用已久，多年來沒有改變，工友人微言輕，不想丟失工作等等。當工友認為事情無法改變，工作員也難以掀起頑固的鐵鏈。後來食環署其中一個永久離街垃圾站主動改建[8]，工友發現這個較為落後的垃圾站反而沒有進行重建，心裡暗暗不忿。

工作員藉此機會組織工友。首先讓工友瞭解全港垃圾站正在陸續維修重建的狀況，因此永久離街垃圾站才會重建。在這個前提下與工友一同想像：工友的工作和個人需要是什麼，什麼是垃圾站必要的設施，藉此想像什麼才是一份工作應有的尊嚴。工友表達自己認為垃圾站內有什麼設備是基本需求，透過圖像與商討，遞交了一份關於工作與休息空間的願望清單。

雖然願望不會全都實現，但至少曾經一同想像。想像過後，工作員邀請關心前線工友的立法會議員考察及協助遞交工友意願，經歷食環署的審批與建築署四個月的修建，新的太陽能智能垃圾站很快便建成啟用。

垃圾站改建前的模樣

邀請立法會議員張欣宇到垃圾站考察並提出改建設施建議

新垃圾站建成後，工作員再次到站內探訪，瞭解新站使用上有沒有可改善之處。其中一位工友表達出不同於以往的熱情，那是一位計劃開展之初接觸的工友，在站內工作有接近二十年經驗。在討論垃圾站改建時只出席了一兩次商討，無力感較強的街坊，會對這種倡議窗口表達基本的不信任態度，因為他們在生命歷程裡經歷太多次意見不被接納。當新站建成後，這位工友反而成為了第一個積極表達意見的人，因為對工友而言，在生命歷程裡失敗見得太多，成功才是成功倡議的開始。

總結

明愛勞動友善社區計劃初探如何從增強社會資本的角度服務香港基層清潔工友，短短三年服務時間，在跌跌撞撞下與區內的工友建立了組織的網絡基礎。完善勞工組織及制度保障的路途仍然遙遠，這些介入方法和省思的記錄只是在提醒和告誡前線組織的工作員「路漫漫其修遠兮，吾將上下而求索」，以此共勉。

垃圾站改建後的模樣

1 資本可分為三大類：物質資本（physical capital），如現金、房屋等；人力資本（human capital），如學歷和勞工技術；及社會資本（social capital）。對工友而言，現金、學歷和工友的勞動技術短期內難以再提升，而工友之間存在的社會資本是無形的，隱含於個體與個體之間，例如工友同事或工友與上司之間。故此，物質資本和人力資本不會因為社會聯繫削弱而減少，但社會資本卻會因為人際關係的破壞而消失。

2 本計劃嘗試提升工友的社會資本，主要為三種類型：一、凝聚型社會資本（bonding social capital），指加強社區中人們之間的連結，群體當中通常有同質性，令他們更容易建立凝聚關係。二、搭橋型社會資本（bridging social capital），指將基層街坊連繫至其他的社區群體之中，通常涉及以下幾個範疇：一般街坊或工友、社區居民、宗教團體、社福機構、餐廳商戶等等，以擴闊資源網路，長遠期望建立互相信任及促進解決問題共識的橋樑；三、連結型社會資本（linking social capital），指把社會上不同人士和群組，與社會上具權力及有資源的人士和群組連結起來。

3 在清潔工的社區中組織關係，並讓他們增加資源及能力改變現況之外，工作員亦促進工友面對主流制度及政府機構時能夠為自己發聲，當兩者能互相交流，並從中形成連結，便會產生協力效應（synergy），形成縱向社區資本。

4 根據房屋署標書規定，公共屋邨會根據邨內大小和職位多寡，決定屋邨每週的上班人數與工作時數，但清潔服務業經常面對人手不足的情況，若某崗位人手空缺，管理階層會讓部分工友加班並分擔工作。

5 按照勞工法例，工友只要簽署合約成為公司僱員，即使上班第一天發生工傷，勞工保險亦承保。

6 工友在工傷期間享有每日三百元上限的實報實銷醫療津貼。例如到醫院覆診，進行中醫針灸或物理治療等復元治療，皆在補償範圍內。但工友大多數不清楚有醫療津貼，或即使知悉有醫療津貼，遞交相關醫療單據時公司卻不承認在補償範圍內，工友也只好啞巴吃黃連。

7 全港有八百七十七個這類鄉村式／臨時構築垃圾收集站，特色是基本設備簡陋和建築年期久遠，大多以臨時垃圾處理之名建造，缺水缺電，臨時搭建。久經年歷的磨練後，工友大多會為垃圾站非正式地添磚加瓦，自己搭建基本設備，以滿足基本的工作需求。

8 全港共有一百六十三個永久離街垃圾收集站，站內設施與規模都比鄉村式／臨時構築垃圾收集站更完善，有整全的通風系統、有蓋建築、較為乾淨的物品存放位置。

設計思維作為社區服務的實驗嘗試

撰文：靳嘉宜、鄧頌然、蔡蒨文

提及「設計」二字，我們會有何種聯想？至少在香港，大多數人腦內即時浮現的畫面會是五光十色的平面設計、美輪美奐的室內設計等等。但對社區工作中的「設計思維」而言，我們著重以人為本、認識社區面貌、界定問題及需要、建立持份者之間的關係網絡、社區能力建構等元素。這些都不是「有形」的東西，因此社區工作中的「設計思維」不一定與傳統設計產業有直接關係。

「設計思維」是從以人為本的角度出發，解決問題及創新的過程，這其實與從事社區工作的手法和價值觀大同小異。譬如，要認識一班從未接觸過的社區持份者，要起始於落區觀察、與街坊交流及直接參與，我們就可以更直接地了解他們的需求，亦能更容易開展後續的工作。近年間，本地陸續出現「社會設計」（social design）的概念及社會創新的種子項目，這些會是未來社區工作和服務的趨勢嗎？

「社會設計」又稱「社會創新設計」，它與傳統以商業為主的設計產業不同，相較於經濟成效及解決問題（problem solving），它的重心偏向於社區考察、重新定義既有的問題（reframe problems）、建立人與人之間的連結、共創（co-creation）、由下而上的參與方式（bottom-up approach）、試錯（trial and error）等多種面向。社會設計項目的起步及發展過程都不斷重新審視及定義既有的問題，再以嶄新的角度和方法切入。而由於從事社會設計的人們都相信「設計沒有最好，只有更好」的理念，使他們願意隨著環境，甚至時代的變遷持續改善設計，因此社會設計才會時常令人有眼前一亮的感覺，會不禁感歎：「乜咁都得？」

以上特點與社區工作所需要的元素十分契合，最重要的是兩者均相信社區中的持份者們有能力改變現況，而最終目標都是令社區形成一個能夠自然運作的系統，不再需要由外力主導。既然我們相信「設計思維」能有助於了解社區的面貌，那麼接下來就是，該如何在社區工作上應用「設計思維」？

明愛勞動友善社區計劃 × 社會創新設計

明愛勞動友善社區計劃是一個關注基層清潔勞工的團隊，主要從「健康、安全、尊嚴」三個角度出發服務社區。大家可曾試過將清潔工和「設計、創新」這些字眼聯繫在一起？你或會覺得兩者風馬牛不相及，一份清潔的工作而已，有什麼情況需要用設計思維的概念去解決？事實上，清潔的工作並不如我們想像的簡單，一班前線工友每天或要面對各種各樣的狀況。另一方面，「設計思維」的概念可以應用在任何對象或不同工作背景上，而應用在清潔工身上，更能讓大家看到設計思維概念「在地」的可能性。

在計劃發展的三年中，我們發現社區上的清潔工一直都在面對不同的挑戰。例如，因為街坊不理解和不自覺的作為導致他們承受壓力；因為長時間勞碌的工作而導致身體勞損；因為公司沒有提供合適的裝備令到工作變得繁複……種種對清潔工本身和行業生態的發現，都促使我們代入清潔工的身份，期望透過「設計思維」去協同跨專業的合作，創造新的可能，去改善他們面對的處境。

Polyu Social Design School 學生實習計劃

團隊曾與香港理工大學設計系合作，推出暑期實習計劃，目的是研究清潔工友使用工具的情況，從中尋找「痛點」（pain point）並嘗試改善工具使用體驗及勞損狀況。該計劃共有五位就讀社會設計及一位產品設計的學生參與，在南區完成了為期兩個月的實習工作。

Week 1-2 專題研究／田野考察

首先，同學的任務是認識當區工友，了解他們使用工具的情況。同學們分別觀察了多個街道潔淨組、公廁的工友，發現工友擁有不少自製或改裝工具，例如自製葵葉掃把、自製撈渠器、改短的掃把。同學們亦主動體驗街道潔淨組工友的工作，僅一個炎熱的早上，他們已經覺得疲憊不堪，尤其是酷暑底下要拿起掃把和垃圾剷在一個個山坡中遊走，又要推動垃圾車到處巡迴。儘管有準備手提風扇和冰涼感濕紙巾，也止不住不斷冒出的汗珠，簡直是極限體能訓練。

同學體驗工友的日常工作

Week 3 定義問題

在落區考察後，大家一起討論了一些發現（finding）以及洞見（insight），整合後顯示公司只有統一長短及重量的工具供應，現存的清潔工具並不能滿足所有工作地點的需求。而且工友本身就有著性別、身高、年齡的差異，現存工具不適用於所有工友，這正正是工具智慧出現的主要原因。另外，為什麼工友會出現勞損狀況？除了長時間做重複動作以應付大量工作，使用不合適的工具也會間接引致勞損。

Week 4-5 構思／共創／原型製作

本次設計方向訂為改良兩種清潔工具，先收集工友意見，製作出原型後再交給工友試用，然後再跟工友一同改善原型，盡可能迎合不同工友的需要。同學透過訪問得知工友最常使用的兩種工具是掃把和垃圾剷，因此接下來數星期將以它們作為主軸製作原型。於是，同學製作了簡易問卷，落區調查工友對掃把和垃圾剷的關注點，向至少三十名工友索取意見。

就掃把而言，工友認為重量及功能最為重要，尤其街道潔淨組工友長期須帶上長短兩種掃把，作清掃街道垃圾及上剷之用。於是同學便以一比

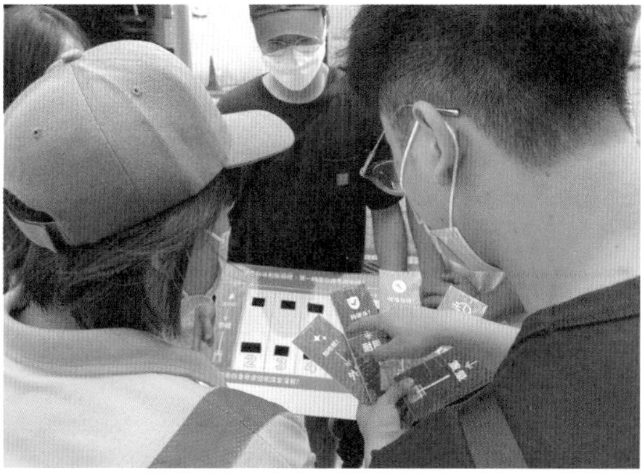

同學向工友調查清潔工具的必要元素

一的掃把棍加上一副膠夾及雞皮紙，模仿工友使用的掃把，製作了一個可替換掃把骨的原型。原型的每一束「骨」有不同長短，可隨工作需要轉換。

就垃圾剷而言，工友認為重量和便利性最為重要。原型的設計重點是減輕重複性動作為手臂帶來的負擔。原型使用兩段式手柄及兩條支撐桿，方便不同身高的工友使用之餘，亦能穩定地站立於地面。底部更有條狀凸槽可以卡住垃圾桶的邊緣，以方便工友將垃圾倒入桶內。

掃把第一原型

垃圾剷第一原型

Week 6-7 原型試錯／共創

我們將同學製作好的原型帶給街道潔淨組工友試用，好讓我們知道原型在實際工作環境下能否發揮出預想的作用。

在聽同學介紹掃把原型後，工友便拿起掃把試著揮舞，第一句便是：「係幾輕喎。」然後便作勢掃一掃腳邊的落葉。掃了大約二十秒，工友續說：「但係逐條骨換好麻煩，如果你將啲骨變成一組，就方便好多，可以一次過換晒。」說畢便將掃把交還。

「試完掃把，不如幫我哋試埋個剷吖！」同學們迫不及待想試驗垃圾剷原型，在又一輪解說下，工友便開始打量手中外形奇特的垃圾剷，說道：「個諗法係幾好嘅，不過我哋通常就咁做嘢嘅……」然後示範使用現有的

工友試用原型並給予意見

垃圾劏，過程行雲流水。工友一臉驕傲地說：「要兩個手柄不如畀返原本嗰碌棍，想揸長揸短都得，啲家咁整反而係作繭自縛。」

在試驗過程中，同學們邊聽邊記錄工友的意見，悟到不少設計上的漏洞。經過約四五天的原型測試，工友們的意見跟以上所述大同小異，同學們與團隊均認同原型有很多進步空間，需要改良。反覆試錯對於設計者而言，其實是必經的階段，當然我們也要相信工友是清潔工具應用的專家，兩者才能相輔相成，成就更好的設計。

Week 8-9 最終原型／反思

吸收工友意見後，同學們馬不停蹄地改良原型，在原有的創新基礎上再加上工友在意的細節。可惜的是，礙於實習時間和技術限制，最後只完成了垃圾劏的第二原型，掃把的第二原型只有一個概念模型，卻無阻同學們和工友對工具改造的討論和想像。

掃把的第二原型是一件細小的模型，概念是將可拆卸式掃把骨分成兩組，在手柄上有手把可以將骨拉起或推出，能夠將長短掃把的功能合二為一，替換時亦只須將掃把骨一整組拆下換上新的，減少浪費掃把棍之餘，亦方便工友更換。工友質疑加上手把機關後會否令掃把更重，不過他們亦非常高興同學能夠理解他們的工作處境去設計。

垃圾剷的第二原型是由不鏽鋼製成的，將手柄改成像現有垃圾剷的一條式，轉動的關節亦改得更圓滑順暢，最大的不同之處是在剷的底部加上了滾輪，這一點是有趣的，在斜坡上能夠拖著走。工友表示如果能夠改用塑膠製以及再改善輪子的穩定性，此垃圾剷或會是在斜坡上工作的好工具。

當然還有很多細節和努力以上文字並無交代，在這兩個月的實習計劃中，不但設計系的學生對前線工友有更多的了解，工友也對共創及工具改造有更多的嘗試和想像。這是社區上的持份者（學生）與工友共同嘗試創新及試錯的過程，未必能夠一步登天，卻能慢慢建立彼此的聯繫，令創新及設計思維進入工友的領域。

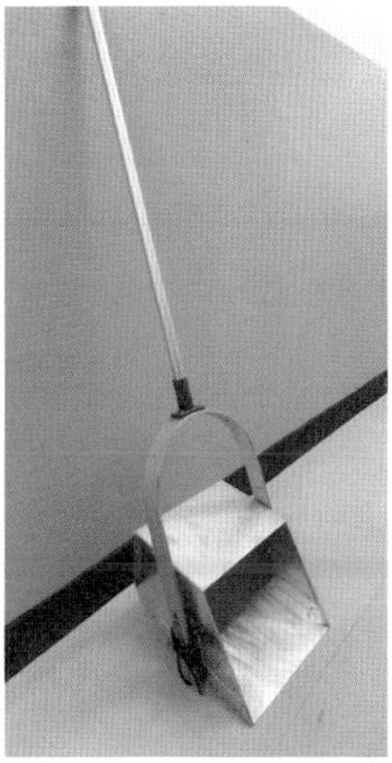
垃圾剷第二原型正面

掃把第二原型模型

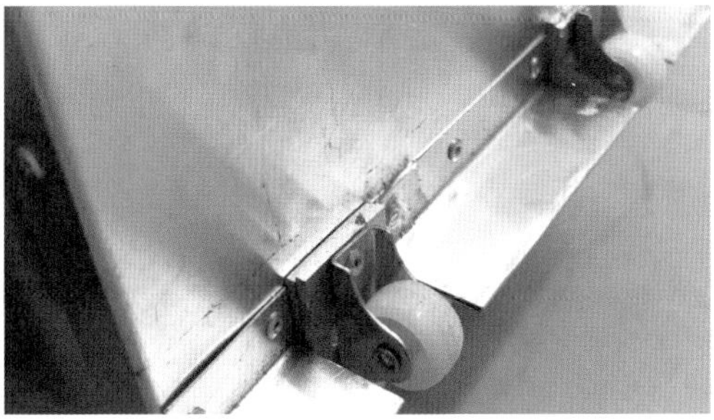
垃圾剷第二原型的輪子

同工與實習同學合影

車仔袋——工友手作工具袋

承接工具智慧的嘗試，團隊最近與石塘咀垃圾站的工友嘗試設計一款新工具「車仔袋」。這是一個儲物袋，以被遺棄或回收的環保袋來製作，可以固定在垃圾車上。希望藉此嘗試擴闊想像，建立一個社區資源再用的網絡。

在一次觀察中，我們發現垃圾車的手柄位置除了五花八門的繩結外，還有一個大黑色垃圾膠袋綁在上面。根據工友的說法，大黑色垃圾膠袋可以存放私人物品、工作用具，而且可以隨時在垃圾站取新替舊，十分方便。

這個時候又需要逆向思考，去幫我們揪出背後的問題：沒有現存解決垃圾車儲物空間不足的方法。於是，我們找到有多年經驗的縫紉師傅幫忙製作全新的「車仔袋」，以替代現時工友使用的大黑色垃圾膠袋，同時亦邀請逾十位街道潔淨組工友，給予意見及參與設計。縫紉師傅剛好有一些回收來的布料可以用來製作原型，眨眼間便縫出了一個大概的模子，再詢問在場工友的意見，很快便製作了原型。

我們翌日便落區測試「車仔袋」的第一原型，分別讓正

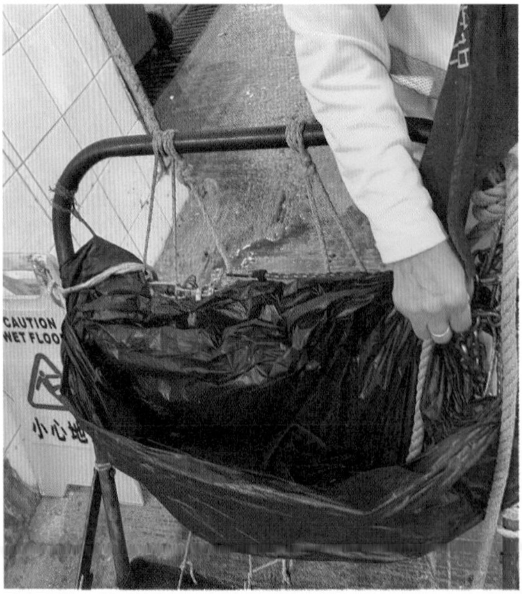

工友在工作手推車上綁著的黑色垃圾膠袋

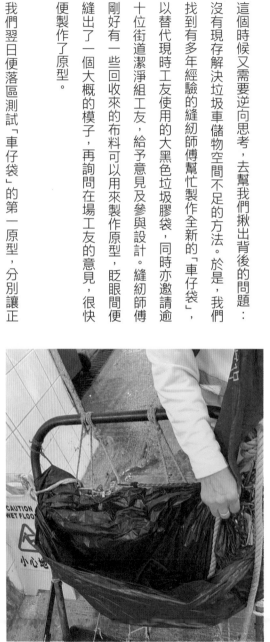

在街道上工作的工友以及石塘咀垃圾站的工友試用，收到不少讚賞；同時亦有工友指出一些不足之處：「個袋太靚啦，驚做做下嘢畀人偷咗去。」「有間隔係好，但唔係好夠深，啲嘢會好易跌出嚟。」「個手柄畀個袋遮住晒，推車嗰陣要轉彎或者上壆上斜，會捉唔實手柄，好難發力。」

隨後，同工、工友及縫紉師傅一同商討可以如何改善。工友建議「車仔袋」可以加裝拉鏈設計，以免私人物品外露或丟失。師傅認同工友的提議，同時提出針對遮蓋手柄問題的解決方案，就是改以布帶及繩結去固定「車仔袋」。這樣既可以解決發力問題，亦能減少搖晃或走位。師傅當日便完成了第二原型，工友也迫不及待想試用一下。雖然第二原型在設計功能上完全符合工友的要求，但仍有大部分工友擔心袋子會被有心人偷走，紛紛表示不會使用。我們才發現原來「車仔袋」太靚也是一件壞事呢！

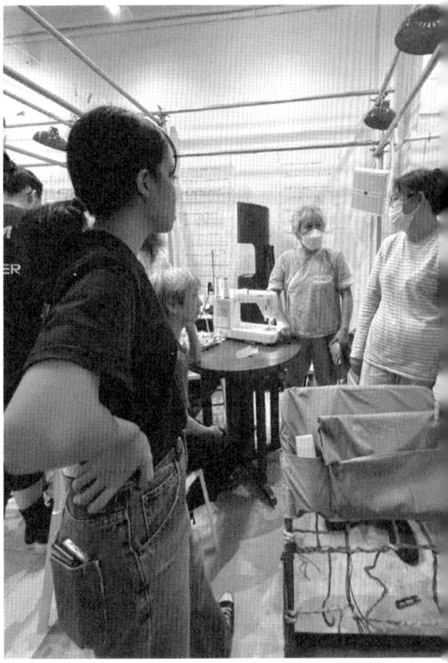

縫紉師傅與工友一同製作車仔袋第一原型

工友試用車仔袋第一原型

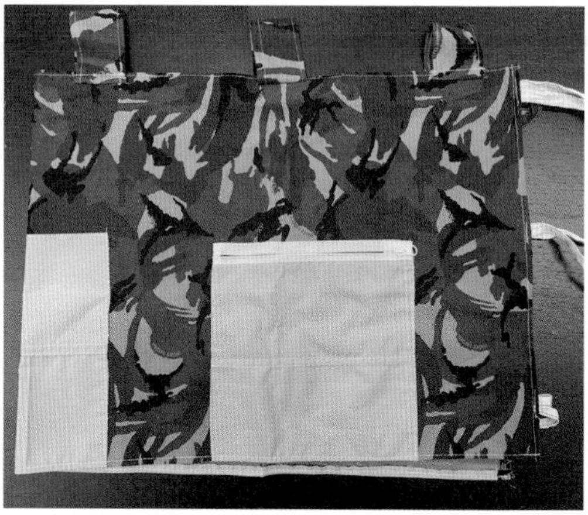

車仔袋第二原型

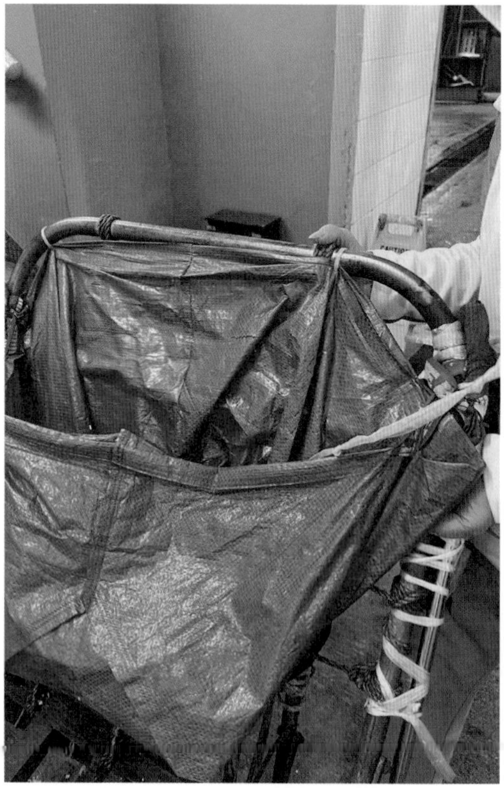

藍色 IKEA 大環保袋改裝而成的車仔袋

經歷兩次原型測試的失敗，項目進入了瓶頸期，直至看見一名工友用環保袋改裝的「車仔袋」，令項目有了新的發展方向。石塘咀垃圾站的工友——友姐，用舊的藍色 IKEA 大環保袋改裝成「車仔袋」，我們便向友姐了解它的由來。她說：「用依啲殘殘舊舊人哋唔愛嘅袋改裝下就用得，見到咁殘人哋都唔想偷啦係咪呀！」我們覺得友姐的意見很實在，不但解決了「太靚會被偷走」的問題，同時亦運用社區上的資源，賦予廢品二次生命，又一工具智慧誕生了。

之後，我們回收到一個舊的藍色 IKEA 大環保袋，到站內請教友姐「車仔袋」的製作工序。友姐表示十分簡單，

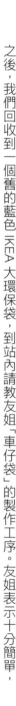

接過大袋後快步走向存放工具的收納櫃，然後掏出剪刀和尼龍索帶，「三分鐘整好，唔信你計時！」友姐自信地說道。只見友姐手起刀落，將袋的四條帶盡數剪斷，然後將袋的邊角與其對角重疊，用剪刀均勻地刺穿四個小洞，隨後分別用四條尼龍索帶穿過各個小洞，把袋固定在垃圾車的手柄上，續將索帶多餘的部分剪掉，最後把剛才剪斷的四條帶綁到垃圾車手柄兩邊的垂直處，使其張開並固定，完成！大家看看計時畫面，真的剛好三分鐘。

及後，我們與友姐開始嘗試在站內回收舊的藍色大 IKEA 環保袋，再將回收得來的 IKEA 袋製作成「車仔袋」給同站的工友使用。這次經驗令我們發現社區回收與工具智慧的關聯，現時站內已有幾部常用垃圾車掛上了這個「回收×工具智慧」的產物，回收的工夫到現時仍在繼續。我們日後亦會嘗試從不同渠道收集相似的環保袋去製作「車仔袋」，並期盼透過不斷試錯和設計，最終能夠形成一個「回收×工具智慧」的系統，運用社區資源，發展出更多可能性。

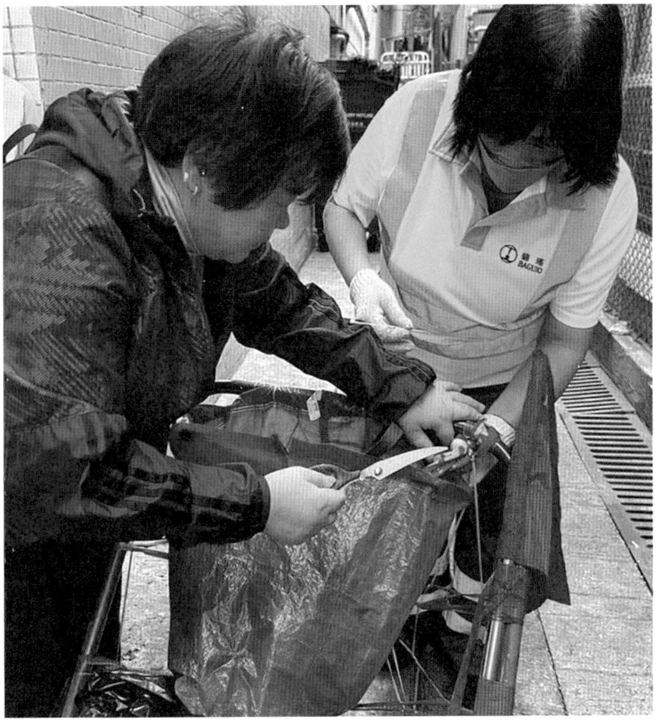
友姐（左）製作 IKEA 車仔袋

葵芳廣場竹籤筒社會試驗

葵芳廣場作為該區熱門的美食及購物中心，每天充斥著熙來攘往的人潮，垃圾也不例外，每次經過這個地方時，總是能夠看見樓層的大部分垃圾桶都是爆滿的狀態。向該商場的清潔工了解後發現，他們除了每天都需要處理商場內的大量垃圾，同時還因為一種垃圾而「深受其害」，那便是竹籤。商場內有很多小食店會用竹籤提供食物，不難想像一支支細長尖鋭的竹籤扔進垃圾袋後會有什麼後果。該商場工友表示，每次抽起垃圾桶內的垃圾袋，都會發現垃圾袋被刺穿，不止一處，而是「籤」瘡百孔。咖喱汁、豉油汁等湯汁灑滿一地，工友也會不小心被刺傷雙手。有見及此「痛點」，團隊希望與工友一起在這個困境中尋找突破苦況的方法。

第一階段，由觀察開始。透過觀察葵芳廣場工友的日常工作流程，並且聽取他們主動分享工作中會面對的境況，我們初步得出工友清理垃圾時遇到的上述困難。明白工友工作負擔增加及受傷的痛點後，我們便與他們一起思考解決問題的辦法。既然這裡的痛點是竹籤，不如就直接解決它吧！但要讓整個商場的商戶都不使用竹籤，顯然是難以做到的，因為竹籤符合葵芳廣場飲食生態，亦是較為方便的餐具。反之，如果可以做到將這些用完的竹籤另外存放，便能夠直接解決竹籤刺穿垃圾袋及刺傷工友的問題。

創意的念頭，總會在不經意中浮現。團隊同工靈機一觸，不如增添一個專門用來裝竹籤的筒仔吧！不過，最重要的還需商場工友的參與，因為他們才是直接承受「痛點」的人，亦是最熟悉該處衛生狀況的人，所以和他們站在同一陣線尤為重要。葵芳廣場的垃圾處理狀況已經存在多年，突然要主動踏出一步，讓工友有些猶豫，害怕要食客改變行為習慣這種天馬行空的想法最終只會徒勞無功。幸好後期我們再和商場的清潔科文一起商討事情的可能性，得到他的認同和支持，令安裝竹籤筒的想法能順利進行。是以，「竹籤不落筒，工友容易捧」的計劃誕生了。

在竹籤筒實行的初期階段，前線工友協助我們安裝筒仔在原本垃圾桶的旁邊，並且每天留意竹籤筒的使用狀況。資訊牌的字眼不夠大，難讓食客留意；竹籤筒不夠大，無法容納太多竹籤；擺放竹籤筒的位置哪裡會更好……這些都是工友在試驗階段透過觀察所提出的改善和建議。隨著竹籤筒的設計改良，同時在其他樓層也進行試驗，工友亦會站在大垃圾桶旁指導食客，不少食客看到竹籤筒都會主動把竹籤放到裡面。很快地，竹籤筒已初見成效。

竹籤筒的初版

竹籤筒的實戰狀況，可見有食客會將竹籤放置其中。

從一開始的發現問題、醞釀想法，然後實驗，再改善工具，過程中工友的意見和回饋佔了最重要的部分，漸漸地，我們明顯發現葵芳廣場的工友對這個行動和竹籤筒越來越上心，會想辦法令竹籤筒可以更加吸睛、實用。我們期望在後續的階段與不同的持份者合作，共同發想出其他可能性。二月時，團隊與大學教授兼產品設計師一同到葵芳廣場進行社區觀察，讓設計師觀察該商場的垃圾處理狀況，與工友進行意見交流。例如對竹籤筒不同設計的想像，經常淪為堆填區垃圾的膠飲品杯可以如何升級成為竹籤筒？該如何設計一個合適的掛扣來配合葵廣垃圾桶的形狀？等等。現時，竹籤筒計劃還在繼續運作和改善中，無論最終成果如何，這對工友和我們來說都是一個寶貴、勇於挑戰問題的嘗試。

「One Step」凳——樓梯流動休息凳

關於如何改善工友的工作處境，只要落區觀察一下，便能為我們提供更多想像。港島中西區的街道四通八達，有很多斜坡及樓梯，途人走上一段路已經氣喘吁吁，該區的工友每天更要推著垃圾包頭走上走落，辛苦程度可想而知。當工友工作了一段時間，走累了，想找個地方休息一下，但可以坐下又不會阻擋途人的地方，眼見只有樓梯或街邊的石壆，骯髒也沒有辦法，只能席地而坐。我們赫然發現，原來在這個高樓林立節奏快速的地方，並沒有什麼適合清潔工的休息之所。

團隊同工發現這班清潔工（特別是防治蟲鼠組工友）休息空間不足及未如理想的問題，便主動與他們接觸。工友表示關於「休息空間」是從未想像過的，平日都是跟著清潔車漂漂泊泊，在街邊、後巷、後樓梯隨便坐下便算是休息了。另外，「休息」等於「偷懶」這個觀感亦影響了工友對改善休息空間的看法。因為他們試過很多次被食環署的狗仔隊「捕捉」到他們休息的場景，落下「蛇王」的話柄。雖有擔憂，不曾想像，但傾訴過後，工友原來也樂見有一個可以坐下來做蟲鼠組文件，方便吃個飯、喝口水的地方。也是，誰人不想呢？

清潔工缺乏合適的休息空間，但如何在寸金尺土的中西環地帶劃出一個可以供清潔工友坐下休息的地方，這也是一大難題。團隊有機會與 One Bite Design Studio 合作，包括共同創辦人梅詩華建築師（Sarah）。這次，我們與設計專業背景的人士一起，從社會創新及設計的角度，發想在夾縫中誕生休息空間的可能性。前期，我們需要理解工友對於休息空間、休息站的概念是什麼？他們認為休息空間需要具備什麼條件？基於蟲鼠組的工作特性，經常要在不同地方走動，所以如果在區內找一處新的空間劃作他們指定的休息地點，變相會添加地點和時間上的限制。因此在原定的、他們常用的休息地點上加以設計及改良，便成為此次改造蟲鼠組清潔工休息空間的方向。

經過與工友的數次訪談後了解到，他們經常會在街道的後樓梯休息，因為後樓梯比較少途人，不會影響其他人之餘亦較隱蔽。期望方面，工友希望休息空間在整體上是便利的、可流動的；作用方面，由於他們普遍可以休息的時間是午膳的一個多小時，因此如果可以坐得舒服一點，不需要像坐石壆邊般坐得腰瘦背痛就好了。另外，如果可以有張枱可以放飯盒和水杯，吃飯時便不會那麼狼狽，亦可以方便科文完成蟲鼠組文件。最重要的是，工友表示這個空間需要隱蔽一點，因如果太張揚的話很容易被投訴偷懶。這些貌似簡單而又最基本的需求，其實一班在戶外工作的清潔工一直都無法得到。這讓我們思考，後樓梯是不是可以成為一個更為方便及舒適的休息地點呢？

經過意見收集和重新創造空間可能性的發想，再整合了工友常去的後樓梯環境和他們休息的特性，One Bite設計師設計了一款凳，取名為「One Step」。這款凳可以因應樓梯的高度調節高低，木板平面的部分可以作為凳面或者枱面使用，再加上旁邊一個可以擺水樽的位置，方便工友坐下享用午膳或休息。這款凳不止實用，還融合了工友的創意。設計師在每張凳上製作各種文字牌，包括「返工都要休息」、「緊張得嚟記得抖氣」、「今日飲咗八杯水未」的字眼，希望可以遮擋工友面容之餘，亦可以提醒各位辛勤工作的勞動者，工作固然重要但也要記得休息。工友見到製作精美的「One Step」凳，亦積極嘗試使用，同時提出不同意見。例如，他們擔心這款「新潮」的凳如果一直放置在樓梯間可能會被偷走，便提議找個地方好好安置，待工友過來休息時再自取。現時數張「One Step」凳正存放在One Bite Design Studio位於中環樂古道的工作室外，讓工友或有需要的街坊使用。

「One Step」凳

「One Step」凳符合後樓梯的特性，亦有放置水樽的位置。

此次與社區中不同持份者合作的經驗發現，社區上不同背景的人士都可以從自己的角度去支援清潔工，不只是停留在社工團隊和工友的討論，跨界別的參與亦能夠迸發出更多解決問題的想像。接下來我們期望嘗試將「One Step」凳應用在其他樓梯上，希望有更多勞動者都可以「見凳唞唞」。

「設計思維」——大膽創造更多可能性

團隊在過往三年，嘗試透過融入社會設計及設計思維的概念，創造一個可以讓清潔工友、不同社區持份者及專業人士互相協作的平台，為社區上的勞動者合力打造一個勞動友善的社區。在這數次的經驗中我們了解到，創新和解決問題並不能一蹴即就，過程雖不是一帆風順，但在經過幾次失敗的嘗試後，我們亦能有不一樣的得著。

「設計思維」並不是遙不可及，而是一個可以讓大家想多點、想闊點的思維方式，任何行業背景，都可以用它來為「問題」打開一個新思路。我們期望社區工作者都能夠突破既定框架，不只是「蛇齋餅粽」提供慈惠式的福利和物資，而是去大膽地發想解決社區痛點的各種可能性。

清潔工友台灣考察回望香港的思考與想像

訪問：勞動友善台灣考察團的清潔工友
撰文：文倩欣、張智健、蔡倩文

「我都想喺台灣做清潔，又係公務員，保障又好，感覺受人尊重。」這句話出自一位從台灣交流後回來的工友口中，帶著對台灣工友的欣賞，以及對未來工人處境的期許。

都市固體廢物收費（下稱：垃圾徵費）即將在二〇二四年實施，並在同年四月一日起推行「先行先試」計劃。但社會對推行垃圾徵費未有共識，議員指如期實施會導致混亂[1]，甚至有意見認為政策應再延後甚至擱置[2]，普羅大眾茶餘飯後亦熱熾地討論，普遍認為「對生活帶來麻煩」[3]、「執行會混亂」[4]，亦有意見認為社區回收設施等的配套不足，公眾的環保意識未普及等[5]。另一邊廂，支持垃圾徵費的環境保育界的持份者，則認同政策有助推動減廢及可持續發展，認為相關政策已經討論近二十年，應該把握時機在全民討論下嘗試推展[6]。社會上

工友在台交流時抒發對改變香港清潔工處境的期盼

對實施源頭減廢政策存在分歧，對於能否如期實施充滿不確定性。

垃圾徵費「殺到埋身」，清潔員作為潔淨工作的最前線必然首當其衝，責任上需要執行徵費法例的規管，同時亦受法例的規定，拒絕處理違規處置的垃圾。然而在現實處境，大部分工友由清潔公司或外判承辦商聘用，較不可能授權予基層工友跟進。在權責及免責保障不清的情況下，前線職工很可能成為磨心。倘若最後變成由清潔工友擔任「包底」角色，處理違規垃圾、額外用指定袋，加重他們的工作負擔及壓力，這光景不是我們樂見，亦有違政策原意。因為我們相信前線工友才是潔淨工作的專家，他們不應被整場討論遺下，亦不應該只是被委派的角色，由此我們希望讓清潔工友能夠第一身參與整場討論，由自身的處境提出對具體執行的想法。

開拓想像

我們在二〇二四年二月至三月期間與來自不同地區、不同崗位的清潔工友帶著上面的問題遠赴台灣及新加坡交流，學習垃圾徵費實行的方法，觀察市民的生活習慣，亦將所見所聞帶回香港分享。本文主要集中記載工友在台灣的見聞和討論。

在這趟交流中，清潔工友到了平日我們在台灣不容易去到或留意到的地方，包括深入台北市垃圾站，觀察清潔前線的回收系統，了解台北市垃圾處理的情況。同時亦與回收業社福機構（五角拌 Ngóo-kak）、清潔工工會（台北市政府環境保護局企業工會）了解台北清潔工福利，討論政策背景；最後更與一班媽媽（主婦聯盟環境保護基金會）交流環保減廢的心得。

一班清潔工走到外地，以勞工的視覺看台灣清潔行業相關的人和事，會有什麼新體會呢？

在台灣的見聞

抵達台北後，一班工友已迫不及待進行社區觀察，了解台灣同行的工作。

步行進入台灣社區，他們就被街道上的標語「垃圾不落地」所吸引。標語寫明如何將垃圾進行分類回收，專門的垃圾車、回收車和廚餘車會定期來收運的時間。僅是清晰的指示已讓他們感到非常驚訝。

走訪社區時，他們發現每幢大樓門口都貼有明確的垃圾分類指引，讓居民一目了然該把哪些東西丟到哪裡。同時工友讚嘆居民會自行處理自己的垃圾，樓宇內部也配有專門的垃圾投放口及回收箱，居民只需負責丟進去即可，不會在家門外或走廊擺放一段時間，完全不用擔心會發臭或弄髒環境。這種自己垃圾自己處理的風氣，刷新了工友對倒樓原本工作的想像，紛紛說道：「原來可以咁樣！」

台北市民正排隊等候把垃圾交給清潔隊隊員

沿著街道前行，下午四時開始，看到不少居民已經在等待垃圾車的到來。有的人手裡抱著裝滿垃圾的袋子，有的人則推著裝滿回收物的小推車。大家井然有序地排成一列，靜靜地等待垃圾車的到達。當遠處傳來熟悉的音樂聲時，大家立刻精神起來，拿出事先準備好的垃圾。只見垃圾車緩緩駛來，工人熟練地接過居民手中的垃圾袋，有序地將其裝卸進車廂。整個過程井井有條，沒有絲毫混亂。其中一位團友興奮地告訴大家，「聽到音樂嗰陣時，啲人都好主動拎垃圾出嚟，好似做緊件好開心嘅事咁。」大家都讚嘆台北市民對垃圾收集及回收的默契，可見他們很習慣並認同這種有秩序的分類方式。

工友觀察的不只是社區面貌，對街頭上任何東西也不放過，好奇得像一班外出活動的中學生。每當他們看到一個垃圾桶，都會圍起來討論。他們注意到台灣的垃圾桶相對較小，這可能是為了避免家居垃圾的堆積。更令他們驚喜的是，這些垃圾桶是不鏽鋼製成的，輕便耐用，更換垃圾袋的流程就像拉出抽屜一樣簡單，設計很人性化。

除了垃圾桶，工友也留意到台灣的垃圾袋更加堅固。這讓清掃街道的工友深表欣賞，認為此舉代表當局考慮到工友實際工作時的需要，將資源投放在正確的位置，這種仔細和以用家為本的想法令大家讚不絕口。

工友圍起研究垃圾桶的設計

在街頭上，團友一直等待著更換垃圾袋的工人，本以為他們是像香港一樣推著手推車來，誰不知一名帶著頭盔的工人從慢駛的垃圾車下來，爽快地拉開垃圾桶的抽屜，拿走了垃圾袋，換上新的袋子，隨手將垃圾袋拋上車後乘車離去。過程不到三分鐘，沒有手推車，沒有舉起桶蓋的畫面。工友看得目瞪口呆，表示台灣在垃圾收集方式的差異，能夠減少工人推垃圾的勞損，非常貼心和人性化，令整個過程變得輕鬆和迅速。

到了晚上，大家決定前往垃圾站參觀，垃圾站位於高架天橋下，內部佈局非常清晰，每個區域都被仔細地劃分：一邊是不可回收的垃圾區，另外亦有乾淨的紙皮區、膠區、電器區和廚餘區等等，這些區域的存在打破了我們對垃圾站的刻板印象，它更像是一個有系統的資源中央收集點，而不只是臭氣熏天的垃圾堆積場所。參觀途中，不斷有居民拿著一袋袋的垃圾走來，自行將手上的東西放入相應的位置。工友表示這就像一個戶外的「綠在區區」[7]，單是這點已能體現出台北的回收系統頗為成熟，亦感受到公眾在垃圾處理方面的努力。

除了在地的觀察，與當地機構交流時，工友也認識了台灣推行垃圾徵費的經過，了解到他們遇過的困難和對策，以及從新的角度看城市的垃圾和清潔工人的身份。

工友參觀垃圾站內擺放不同回收物的區域

台灣走過的路

從九十年代開始，台灣逐步推行垃圾分類、資源回收等政策，建立了完整的垃圾處理體系。近年，台灣更進一步推動「垃圾減量、資源循環」的目標，不僅提高了回收率，也大幅減少了填埋垃圾的數量。

「垃圾不落地」是台灣收集垃圾政策的重要部分。這一政策要求民眾將垃圾妥善分類，交給相應的回收和垃圾車輛，不能隨意丟棄。同時，台灣實行了「隨袋徵收」政策，民眾需要購買特定的垃圾袋才能將垃圾丟棄，這種「付費」的方式加上必須在特定時間把垃圾交到清潔員手上，也有效地促進了垃圾減量，而沒有影響環境衛生。此外，當局還制訂了完善的回收系統，

工友與台北市環保局企業工會理事長就港台垃圾政策及工人處境交流

台灣利用公園內的落葉圍起堆肥

把資源重新利用；更強調塑膠減量，禁止部分一次性塑膠製品的使用。前端及後端的處理互相配合，務求達至「零廢」的目標。

在和清潔工工會交流，討論香港二十多年的外判潔淨服務時，工會代表表示二〇二一年台灣也曾想把高架橋道路撿拾和勤務中心的服務變為外判制，但工會極力阻止，因他們預視到外判制會減少工作員的數量，未來工人的權益會受剝削，沒有足夠的人力處理高危險的工作，同時削減薪水福利。工會及後促進與環保局的溝通，成功把外判服務計劃截停。工友感歎台灣對外判服務的前瞻性，他們也渴望重新被納入為政府部門的人員，期盼能有更好的保障和福利制度。

與主婦聯盟交流，啟發團友對垃圾處理的可能性，團友都對分享屏幕上堆起樹葉的圖片嘖嘖稱奇，原來是台灣「在地堆肥」的政策，減少對焚化爐的負擔。垃圾除了不落地，也能被再次帶入有機的循環，賦予二次生命。公園裡堆起的樹葉會圍成一團團堆肥，待時日過去自然分解，再化作用來種菜的養份。工友記得在公園的園圃逛了很久，除了羨慕台灣讓市民在公園種菜的自由度，也驚歎原來他們每天在街道打掃得來的一包包樹葉，可以有系統地堆肥，改變被送到堆填區棄置的命運。工友也憶起從前在農村生活，菜頭菜尾便放在田裡堆肥，很少有「廚餘」這回事。重新認識垃圾，看到不再厭惡的一面，而是生機勃勃的「可能性」。

回港後對垃圾處理的思考

工友對實行垃圾徵費多年的台灣感到佩服，但當被問及這在香港也可以實踐嗎？他們大部分也搖搖頭說：「無可能。」回到香港這個大城市，為何實行「垃圾徵費」這麼困難？

一、方便到位

有位工友感慨地說，香港的垃圾分類和回收工作還有很大的提升空間。「好多香港人都覺得分類太麻煩，所以大多數人都係將所有垃圾撈埋抌。」再問下去，原來工友也體諒香港人的忙碌生活和狹窄的居住環境：「個個放工返到屋企都晏，回收點又閂晒門，屋企又無咁多地方擺回收物，邊有咁容易就做得到呢？」他說，如果要在香港推行類似的政策，最關鍵的就是要讓整個過程變得更加方便和簡單。

不過，工友也提出了一些擔憂，「香港嘅社區建設同生活方式比起台灣可能有啲差異，單純照搬恐怕唔太合適。比如，香港好多人住喺高樓大廈，要喺每幢大樓都擺專門嘅垃圾投放口同回收站，可能要有一定嘅成本同技術難度。」

其中一位工友特別強調了「方便」這一點。他說，對於未養成強烈回收習慣的香港人來說，如果整個分類和回收的過程太過繁瑣，恐怕很多人都會卻步。因此，所有設施和配套都必須做到真正方便居民，由居民角度思考每個步驟，讓他們能夠輕鬆地完成垃圾分類和回收，低成本地形成新的習慣，而非一句「清不清楚好多時候是看你自己想不想弄清楚，如果你想不清楚，幾時都是不清楚！」來怪罪市民。

亦有工友提出相關部門可提供小貼士，例如在家中如何擺放才較衛生及節省地方，讓市民明白實際運行時所要面對的情況。

二、教育

從幼稚園開始教育，讓下一代學懂如何實踐環保，認識「垃圾」從何來，也是每個人必須學習的。工友很強調「大人有大人教，細路有細路教」，因為生活在香港的我們根本沒有處理垃圾的概念。從「垃圾蟲」到「清潔龍阿德」的年代，我們學會的是保持潔淨的市容，從另一角度看，「垃圾」就是那破壞市容的源頭，從此被冠以罪惡之名，因而只有被拋棄的命運。一九九八年，為了減少廢物及提高循環再造而推行三色桶，讓垃圾多了一條出路，但多年來公眾教育只強調「藍廢紙、黃鋁罐、啡膠樽」，卻忽視回收質素，例如回收前怎樣妥善處理也不清楚，把沒有清洗的回收物放進回收桶內會污染其餘乾淨的物件，令整桶不能回收。

工友認為要教育成年人打破舊有的思考模式，重新適應新的做法：例如回收也由三種變為十一種，廚餘若仔細處理也可分為生廚餘和熟廚餘，一邊用作堆肥，一邊用作燃料發電等。除了實際的行為改變，養成習慣也需從對垃圾的概念轉變著手，讓市民有動機把扔進垃圾桶的習慣轉為扔進回收桶。教育推廣，令大眾掌握一套正確、完整的分類回收方式，讓市民重新理解垃圾為何物，為自己製造的廢物負上責任，是推動垃圾處理為城市共同責任的答案。

三、共同責任

工友深知提高市民的環保意識並非一朝一夕，教育是漫漫長路，實踐才是奏效之舉，「由家家戶戶開始做好。」每位工友在台灣交流過後，總掛著這句在口邊。除了生產者的責任，使用者的習慣也很影響垃圾量和垃圾處理的方向。「就算我乾淨，但你污糟，都一樣係污糟！」簡單如每戶把垃圾包好，但只有一戶沒有包好令餸汁四濺，也是白費工夫。若果每個家庭都能培養良好的公民意識，把垃圾事先清洗分類好，檢視自己的垃圾量，進而實行源頭減廢，相信垃圾量會減少，居民的事前工夫也會讓垃圾處理更順暢。因此，在實踐環保和減廢的命題上，工友同意要大眾的意識、步伐趨向一致，才有能改變目前生態。

角色轉化

再者，他們認為居民、管理團體及工友三方的溝通和合作，更有效推動環保減廢。處理垃圾的流程是由誰決定的？工友可以由聽指令做事的角色，轉為制定垃圾處理程序的一員嗎？工友走在保持環境衛生的最前線，對市民丟棄垃圾的方式和垃圾量有一定的掌握。他們想像自己可以把對工作的觀察納入三方的討論當中，例如建議法團在各樓層加設回收桶，方便由居民親自分類，減少在家堆積回收物；與區內其他大廈議定可行的廚餘回收時段，避免垃圾放久後發臭；擔當大使教導居民，讓他們理解回收的流程和因由。除了方便工友工作，也能更全面地規劃相應的措施和配套，讓大廈甚至區內的居民更容易實踐資源回收。

凝視我們的垃圾，你又能看清我們現今面對的問題嗎？帶領這個城市進入垃圾處理討論的，不一定只有政策制定者的一方，居民和工友才是實踐的關鍵持份者，由社區自發參與，能夠令改變持續地發生。

從不可能變成可能

回港前，工友都認為自己只是學會了如何分類回收，但在香港很難實踐。回來後再見面，發現他們每人在生活上也有微小的改變。有一位工友分享自己正研究如何使用「綠在區區」的智能回收桶的照片，興奮地說起自己如何學會用二維碼把它打開，成功回收的經驗。參與種菜小組的工友，積極收集平日家中的廚餘，雪藏好，留待小組時再放

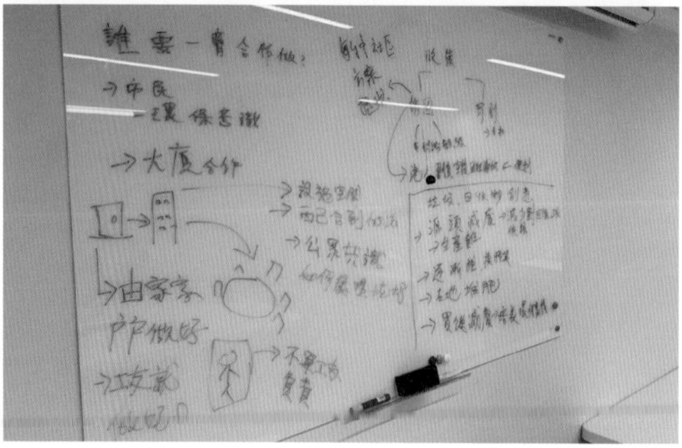

工友在交流後召開定期會議，討論如何推動較理想的垃圾處理方案。

入堆肥桶，有次更仿效台灣，特意收集了一袋樹葉來堆肥。也有工友分享正開始把回收物洗好分類，定時定候拿到回收站。從前看似不可能的事，逐漸在大家的生活中發酵成一點點的可能。一開始未必容易取得社會的共識，但看見可能性之後，意識改變帶動習慣發生，從個人開始，由小事做起，莫以善小而不為，也許就是工友在這趟旅程見證的要點。

看垃圾　不是垃圾

垃圾的源頭始於生活，城市人每日製造的垃圾，一點一點落在堆填區。香港現時有三個堆填區，每年處理超過五百萬公噸垃圾[8]，即每天處理大約一千五百輛九噸車的垃圾量，政府預計新界西及新界東北的堆填區將會在二〇二六年爆滿[9]。其實環保不只是一種意識，而是回應我們正面對的一個貼身問題。我們習慣了只是把垃圾丟棄在垃圾桶，垃圾的生命就這樣結束了。而這城市的方便，也讓我們忘卻了作為垃圾製造者的責任，也看不見清潔工友的默默善後。我們棄置多少垃圾，就奠定了他們多少工作量。面對這個城市「堆滿垃圾」的未來，我們有沒有空間再思我們與垃圾的關係，延長每件物件的生命？

工友把廚餘及枯葉弄碎後放入堆肥桶

我們每天丟棄的廚餘、「即棄」膠餐具和外賣盒、「一次性」快遞包裝等，這些膠類製品不是問題，即棄才是問題，讓可回收物化為垃圾，就算再大的垃圾堆填區也不夠用。仔細拆解我們的垃圾，重新認識每種垃圾的可能性，把「垃圾」看成「資源」，除了讓我們的垃圾袋「減肥」，也是把物品加以利用，帶入永續的循環。若能把資源放在對的地方，便沒有真正的廢棄物，可紓緩垃圾堆填區爆滿的迫切性。

對清潔工的想像

若然垃圾不再是垃圾，保持這城市清潔的工友又會不會有另一個身份？

交流過後，工友反映總感覺台灣的清潔工人地位較高，因為他們處理的並不是「下欄」工作，而是維持生態循環的重要一員，工作較有意義。「有時會聽到啲媽咪帶啲小朋友返學，我哋喺隔籬執緊垃圾，好多次都係咁，話：『仔仔，有啲人收垃圾唔好行過去啦好臭啊，你唔讀書第時大個做清潔！』」說到在香港的經歷，工友都異口同聲感歎：「好多咁嘅人。」其實工友也渴望被尊重，但心底裡覺得「好難做」。

筆者較為深刻的，是當我們分享西環的工友每天要沿著大斜路，一邊清垃圾，一邊推手推車，香港人已經習以為常時，台灣工會則淡淡地說到，

與工友一起在社區上嘗試自設回收站，幫助街坊分類回收及進行教育。

「原來那麼發達的香港，還在用那麼多人手的方法。」這句話深深刺中我的心坎，究竟香港人是如何看待勞動者的角色和地位呢？有多少人就著他們的付出表示認同呢？

因此，筆者嘗試將新的角度和工友分享。在香港，我們不妨將對清潔工的視角改為美化城市的重要一員，美化城市不僅僅是保持乾淨整潔，還包括提升城市的視覺吸引力和居住品質。大家透過清理公共場所、花園和街道，維護城市的美觀和整潔，為市民提供一個宜居和舒適的環境。

其次，若然環保配套充足，我們更可改寫清潔工的崗位為資源回收的重要角色、可持續發展的前線執行人員，減少垃圾堆填量。他們在分類、回收和處理垃圾和廢物方面扮演著關鍵角色。

「我唔再係井底之蛙啦！」在台灣交流後，工友都覺得自己的眼界擴闊了，說的不只是交流所獲的資訊，而是看到清潔工的另一光景，雖說他們認為把清潔工變為備受尊重的職業是不可能的，但仍抱住期盼。這一句非井底之蛙，說的是工友也看得見自己的價值和意義。

對勞動者友善是社區的溫柔，「看見工友」這一點如此重要，是因為他們是這城市不可或缺的一員。當清潔工們也走了一小步

工友在人來人往的街道默默耕耘

從「不可能」化為「可能」，這次可換成市民也多走一步，欣賞工友對這座城市的耕耘嗎？作為大眾市民，如果在垃圾徵費的討論中，不只留意政策的可行性和困難，而是關心一班躲在樓梯窄巷為香港默默付出的勞動者，那種明白和理解，是工友的心願。

1 〈垃圾徵費｜有議員稱現時狀態下推行引社會混亂〉，https://hk.epochtimes.com/news/2024-04-11/15128234

2 〈紫荊研究院：僅約一成市民認為垃圾收費應該繼續如期全面實施〉，https://bau.com.hk/article/2024-05/07/content_1237376208877985792.html

3 〈垃圾徵費　究竟「徵」的是什麼〉，https://news.mingpao.com/ins/%E6%96%87%E6%91%98/article/20240126/s00022/1706184132683

4 〈釐清垃圾徵費疑問　預早部署應變機制〉，https://www.stheadline.com/columnists/editorial/3308102/釐清垃圾徵費疑問-預早部署應變機制?utm_source=sthwebshare&utm_medium=referral

5 〈「都市固體廢物收費」線上慎思民調研究報告〉，https://www.pori.hk/wp-content/uploads/2024/04/panel_rpt_2024apr23_e-DP_chi_v5.2_PORI-1.pdf

6 〈垃圾徵費拖延十九年！不可再次錯失良機〉，https://www.hoe.org.hk/tc/article/政策倡議/新聞稿/【新聞稿】垃圾徵費拖延19年！%20不可再次錯失良機

7 「綠在區區」是一個服務全港的社區回收網絡，至今已有約一百九十個公共收集點，接收九種常見回收物，例如膠樽、雜膠、紙類、金屬等。

8 〈香港固體廢物監察報告──二零二二年的統計數字〉，https://www.wastereduction.gov.hk/sites/default/files/resources_centre/waste_statistics/msw2022_tc.pdf

9 〈立法會十二題：新界東北堆填區〉，https://www.info.gov.hk/gia/general/202401/24/P2024012400313.htm

隱形之光
十二位清潔工友的故事

明愛青少年及社區服務、
明愛社區發展服務 著

責任編輯 寧礎鋒

書籍設計 Kaceyellow

採訪及撰寫 蔡蒨文 葉子青 張智健 楊家昇 靳嘉宜 文倩欣 鄧頌然
李維怡 蕭朗宜 張詠儀 張善怡 張雨湄（車仔）

攝　影 冼昭行 葉子青 文倩欣 羅慧玲

資料出處 政府檔案處 香港中央圖書館香港資料部

鳴　謝 冼昭行 梅君偉 陳雪蓮 高源軍 黃嘉鋮 Thapa Magar Kristina Rai Anurag

出　版
三聯書店（香港）有限公司
香港北角英皇道四九九號北角工業大廈二十樓
Joint Publishing (H.K.) Co., Ltd.
20/F., North Point Industrial Building,
499 King's Road, North Point, Hong Kong

香港發行
香港聯合書刊物流有限公司
香港新界荃灣德士古道二二〇至二四八號十六樓

印　刷
美雅印刷製本有限公司
香港九龍觀塘榮業街六號四樓A室

版　次
二〇二四年七月香港第一版第一次印刷

規　格
十六開（170mm × 230mm）二七二面

國際書號
ISBN 978-962-04-5480-6

三聯書店
http://jointpublishing.com

JPBooks.Plus
http://jpbooks.plus